马路天使

中国梦·红色经典电影阅读

张照富 改编

中华工商联合出版社

图书在版编目（CIP）数据

马路天使 / 张照富，严铠改编 . —北京：中华工商联合出版社，2013.7

ISBN 978-7-5158-0622-8

Ⅰ. ①马… Ⅱ. ①张…②严… Ⅲ. ①中篇小说—中国—当代 Ⅳ. ①I247.5

中国版本图书馆 CIP 数据核字（2013）第 157919 号

马路天使

改　　编：	张照富　严　铠
策　　划：	徐　潜
责任编辑：	魏鸿鸣　楼燕青
封面设计：	赵献龙
责任审读：	郭敬梅
责任印制：	迈致红
出版发行：	中华工商联合出版社有限责任公司
印　　刷：	天津海德伟业印务有限公司
版　　次：	2014 年 3 月第 1 版
印　　次：	2018 年 4 月第 2 次印刷
开　　本：	710mm×1000mm　1/16
字　　数：	150 千字
印　　张：	15
书　　号：	ISBN 978-7-5158-0622-8
定　　价：	29.80 元

服务热线：010—58301130
销售热线：010—58302813
地址邮编：北京市西城区西环广场 A 座
　　　　　19—20 层，100044
http：//www. chgslcbs. cn
E-mail：cicap1202@sina. com（营销中心）
E-mail：gslzbs@sina. com（总编室）

凡本社图书出现印装质量问题，请与印务部联系。

联系电话：010—58302915

编委会

演职员表

编　剧：袁牧之
导　演：袁牧之
摄　影：吴印咸
置　景：马瘦红
录　音：陆音铿
剧　务：刘托天
场　记：钱千里
洗　印：顾友敏　　陈福庭
剪　接：钱筱璋
作　词：田　汉
作　曲：贺绿汀
音乐师：林志音　　黄贻钧　　秦鹏章　　陈　中

吹鼓手小陈 …………………………………… 赵　丹
卖报小贩 ……………………………………… 魏鹤龄
歌女小红 ……………………………………… 周　璇
琴　师 ………………………………………… 王吉亭

剧情说明

故事发生在 1935 年的上海。在马路上谋生的又一天生活结束了，乐队的吹鼓手小陈、报贩老王、理发师、失业者、小贩这几个"有福同享、有难同当"的把兄弟组成的"雄赳赳"的队列，回到了太平里低矮的小阁楼里。小陈和老王的住处正好与邻居小云、小红姐妹的住处对窗而临。这姐妹俩因家乡失陷，从北方流落到上海，被一个琴师和他的鸨母妻子所霸占，从此过着不堪忍受的苦难生活：小云为鸨母卖笑赚钱，小红则终日随琴师出入茶楼酒馆卖唱。

天真无邪的小红与机灵诙谐的小陈两情相悦，经常临窗以歌声和琴声传递情意。而内心经受着重创的小云也在暗中恋着小陈，但小陈却因小云干的营生而瞧不起她。只有老实善良的老王很关心小云。

一天，小红随琴师去酒楼卖唱，被流氓头子古成龙看中，他买通了琴师要把小红占为己有。琴师和鸨母见钱眼开，决定把小红卖给古成龙。小红深知自己将遭厄运，只好同姐姐一起和小陈、老王商量。老王从墙壁的旧报纸上看到了一则"养女告鸨母"的消息，便心生一计，和小陈一起去找律师，可是当律师告诉他们打官司需要五百两银子时，他们才意识到"打官司还要钱"。老王左思右想，从旧报纸上撕下了一个"逃"字递给小陈。小陈恍然大悟，于是在兄弟们的帮助下，他偷偷地把小红接出来，搬到了别的地方，并且两人结为了夫妻。

小红被救出了魔窟，可老王还惦记着小云。他劝小云也逃出去，可小云却没有勇气。一天夜里，小云在街头被警察追赶，情急之中逃到了小红的住处。从此以后，小云也在这里住了下来，并将自己对小陈的爱意转移到了老王身上。几个人在苦难的生活中寻求乐趣，在黑暗的现实中互相扶持。

报纸上登载着巨额白银出口的消息，各行各业都不景气。理发师为理发店将要歇业而发愁，为了不使理发店关门，小陈和老王又吹号又敲鼓，颇有声势地帮忙招揽生意。

琴师夫妇和流氓古成龙一直因为小红和小云的失踪而耿耿于怀，他们终日四处搜寻。琴师这天刚好从理发店经过，看到了小陈和老王后，暗中跟踪，找到了他们的住处。第二天，琴师就纠集了古成龙等恶棍前来抓人。正巧这时老王和小陈都出去了，小云从窗口发现他们后，便掩护小红越墙逃走，自己却在与琴师的搏斗中被一刀扎中。古成龙一看要出人命，便抽身溜走了。琴师见状，也逃之夭夭了。

等到老王他们闻讯赶来的时候，小云已经奄奄一息了。老王焦急地吩咐小陈等人照看一下小云，自己跑出去找医生。可当老王因钱不够医生不肯来而无奈地回到家里时，小云已经含恨离开了人世。

序

　　曾经，拾起过草地上被吹落的发黄的银杏叶，夹在了日记里，再打开时，记住了那个秋天里青春的憧憬；

　　曾经，哼起过电台里被播放的欢快的流行曲，抄在了笔记上，再打开时，记住了那段岁月里相伴的愉悦；

　　曾经，流连过影院里被放映的精彩的故事片，存在了脑海中，再打开时，记住了那些回味里温暖的片段；

　　我们的曾经，是记忆的积累，留不住岁月，却留住了记忆。翻开日记时，银杏的纹络依然清晰，打开笔记时，歌词的墨迹仍然青涩。那些往事都留住了，只是在某个时刻，突然想起了那部电影，多少却有些浅忘，因为我们的笔记本里承载不了那么多的信息，只能记在脑海里，在岁月的洗涤中淡却了一些章节。

　　我们一直致力于电影连环画在读者中的普及，十年间制作了数百本电影连环画，发行量近百万册，在读者中建立了良好的口碑并取得了积极的社会效应。今天，我们将那些存在我们记忆深处的经典电影以图文版的形式制作成册，让我们重新回味那脍炙人口的故事，再度拾起从前那观看电影的快乐时光。

　　抬一把凳子，再也找不到露天电影；下一段视频，却没有充裕的时间观看；那么，就躺在床上，翻开这一本本图文本，将故事延续到梦里——记得那时年少，记得那时年轻，记得那时……

　　枕边，这一册册的电影图文本，还有一摞摞的日记和笔记本，都是我们记忆中的音符，目光触及时，在心里流淌成歌，相伴过的曾经，把美好的记忆延续到永远。

赵刚

2014 年 3 月 6 日

目　录

第一章

小陈和他的朋友们

天空中满布云层，天色阴郁、沉闷。从一座摩天大厦的顶上往下摇到大厦的黑黝黝的地下层，在黑黝黝的背景上出现了一条字幕："1935年秋，上海地下层。"是的，这里就是1935年的上海。当时的上海如那今天的这

☆1935年秋的上海。挣扎在最底层的广大劳苦大众遭受着三座大山的压迫，演绎着一幕幕人间悲喜剧。

天气情况一般，挣扎在最底层的广大劳苦大众遭受着日本帝国主义、封建主义和官僚资本主义三座大山的压迫，演绎着一幕幕人间悲剧。劳苦大众生活在暗无天日的世界里，看不到任何的光明。他们处在社会的最底层，尝尽了人间的冷暖，世态的炎凉。

一阵有节奏的洋鼓声响起，接着还能看到不少人在涌动着。原来是一支壮观的迎亲队伍，只见他们浩浩荡荡地在街道上行进着。在一条拥挤的马路上，旗幡烈烈，鼓乐阵阵。一支旧式迎亲仪仗队徐徐而来，引起了街道两旁路人的驻足观望。好不容易有这样热

☆在一条拥挤的马路上，旗幡烈烈，鼓乐阵阵。一支旧式迎亲仪仗队徐徐
　　而来，引起了街道两旁路人的驻足观望。喧闹声中，新式的洋鼓洋号有
　　节奏地吹打着。

闹的场面，大家都不愿意错过。走在行列最前面的是中国古老的仪仗队：有打大锣的；有扛大旗的；有骑马的；有扛大灯的；有扛"喜"字牌的，扛大伞的……后面跟着中乐队，也有西乐队给华丽的古老花轿殿后。有的在吹着，有的走着还不时地喊一声，还有小孩穿着老式的服装走在中间……从这样盛大的场面上来看，这迎亲的家庭绝对不是生活在社会最底层的劳苦大众。

在西乐队的吹鼓手中有一个叫小陈的小伙子，只见他站在西乐队的中间，左腋下夹着喇叭，显得非常英俊

☆吹小号的青年小陈站在西乐队中间，左顾右盼，搜寻着他希望看到的人。他是一个机灵活泼，风华正茂的小伙子，大盖帽更使他增添了一股英武之气。

潇洒。他是一个机灵活泼、风华正茂的小伙子，大盖帽
歪戴在后脑勺上更使他增添了一股英武之气。他看上去
约有二十来岁，瘦高个儿，清秀的脸，五官端正，一双
大眼睛左顾右盼着，额头上搭着一绺长头发，身上穿着
西式的乐队服装。在队伍中他并不是在专心致志地吹
着，而是不时地抬头，把喇叭从嘴角拿开，东张西望，
像是在寻找什么人，搜寻着他希望看到的人。

　　乐队伴随着迎亲队慢慢地向前行进着，小陈心不
在焉的神情被走在他身边的同伴发现了，同伴觉得这
样不合适，便用乐器顶了他一下，小陈这才收起自己
左顾右盼的眼神，赶紧拿起喇叭和着乐队放在嘴上要

☆乐队伴随着迎亲队慢慢向前行进着，小陈心不在焉的神情被同伴发现
　了，同伴便用乐器顶了他一下，他才赶忙拿起小号吹奏起来。

吹，可能是喇叭上有什么东西，只见他使劲地把喇叭甩了一下，然后跟着乐队尖声尖气地吹奏了起来。虽然喇叭放在了嘴上，小陈也没有把心思全放在吹喇叭上，只见他的左手伸下去不知道在拉着什么，而眼睛还是在东张西望地搜寻着什么。但是看了半天，还是没有搜寻到自己要找的人，见实在是找不到了，小陈这才作罢，开始专心致志地吹起喇叭来。古老的仪仗队、中西乐队和花轿在街道上行进着，这种一半封建式又一半外国式的混杂的行列和音乐，给人一种不伦不类的感觉。之所以是这样中西合璧的迎亲队伍，估计也是这家大户人家在当时为了显示自己家的显赫的地位吧。要是一般的劳苦大众，在那样的年月里，有个简单的形式就已经不错了。很显然，这样的排场是很多当时的劳苦大众所艳羡的。因为连温饱问题都解决不了，哪还能设想能有这样的排场呢？这是生活在最底层的劳苦大众想也不敢想的事情。

街道两旁围满了看热闹的人，人们挤在门口、窗前、扶梯上、楼上玻璃窗里和阳台上看着。因为很少能见到这样热闹的场面，所以但凡能碰到的大家会尽量地把自己手里的活计放下，不愿意错过这样的眼福。接到两旁挂着的"大减价"、"大牺牲"之类的布招像无数招魂幡似的在空中晃晃悠悠地飘动着。小陈的朋友——报贩老王此刻也没有时间欣赏这样的美景，只见他的怀里现在还抱着一大沓报纸在叫卖。老王看上去年龄约三十开外，长相非常敦厚朴实。他看见了西乐队中的小陈，忙挥着手中的报纸向他打招呼："嗳！嗳！"只顾着给走在乐队中间的小陈打招呼，刚刚给别人的一份报纸，也没有递到顾客的手里，所以着急得刚走出去两步，一看手里还拿着报纸，就赶紧回来，把报纸递给了顾客。

☆街道旁，小陈的朋友——报贩老王正抱着一大叠报纸在叫卖。老王看见了西乐队里的小陈，急忙挥着手中的报纸向他打招呼。

老王一边和小陈打着招呼，一边便三脚并作两步地赶了过去，靠在小陈身旁，随着乐队走了起来。老王和小陈住在一幢旧房子里，贫困的生活使他们同病相怜，在互相关照中结下了友谊。小陈看老王过来了，赶紧和自己旁边的吹手换了一下位置，和老王走在了一起。老王走入乐队，和小陈亲切地交谈起来。两人都非常高兴，由于大街上人太多，喧闹声又大，所以他们俩的谈话声被淹没在了人群中。

☆老王和小陈住在一幢旧房子里，贫困的生活使他们同病相怜，在互相关照中结下了友谊。老王走入了乐队，和小陈亲切地交谈起来。

原来老王就是小陈在东张西望中要搜寻的那个人，现在老王和自己并排走着，小陈就投入到继续吹喇叭的行列中。看样子现在小陈还挺专心，但是由于人太多，冷不防老王踩了他一脚，鞋被踩掉了，疼得他直"哎哟"地叫唤着，停在路旁歪着嘴揉脚。老王跟他嘀咕了几句什么，正说着，后面八个彪形大汉抬着一顶花轿过来了。趁花轿来到他们跟前，他俩凑上前去，掀开了轿帘往里面看。

☆由于人太多，一不小心，老王把小陈的鞋子踩掉了，在小陈提鞋的时候，花轿来到了他们的跟前。他俩凑上前去，掀开了轿帘往里面看。

等到他们掀开轿帘一看，只见新娘子像个泥塑木雕似的端坐在里面，一双斗鸡眼死盯着脚下。这下把小陈和老王可看呆了。

看着看着，小陈仿佛着了魔，两只黑眼珠子也不由自主地往当中挤，脸上现出一副与新娘子一模一样、呆若木鸡的神情。老王赶紧拍着小陈的脸，让他的眼睛赶紧变回原来的样子，可是拍打了几下，小陈的眼睛仍然是斗鸡眼

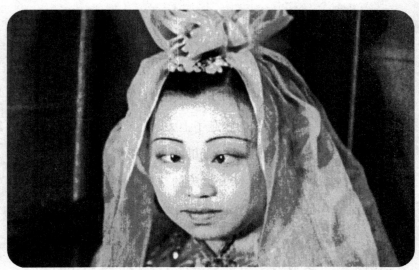

☆只见新娘子像泥塑木雕似的端坐在里面，瞪着一双对眼。

☆看着看着，小陈也好像着了魔似的，两只黑眼珠儿不由自主地往中间对。老王急忙推他，回头一看，西乐队已经走远，小陈急忙赶了上去。

— 11 —

的样子，小陈也在焦急地摇着头，希望能赶紧变回去。这不，老王使劲地拍了小陈一下，小陈的眼睛才变回去。新娘子的"美丽"确实让他目瞪口呆了。二人正在得意，忽然想起了乐队的队伍，忙回头一看，西乐队早已去得无影无踪，心里一急，连忙撒腿赶了上去。

迎亲的队伍走到哪里，哪里的人们都会放下手里的活计，赶来观看，就这锣鼓喧天的热闹场面没有人不为之动容的。这不，迎亲的队伍来到了得意楼酒馆的附近，在得意楼酒馆的阳台上，有几个人扶着栏杆朝下瞧热闹。一个俊俏的小姑娘也推开了纱门，走到阳台上

☆得意楼酒馆的阳台上，一个叫小红的姑娘与小陈心心相印，她是这里卖唱的歌女，此时正在往下看热闹，她发现了西乐队里的小陈和老王，满心欢喜，急忙和他们打招呼。

来。这个年轻的姑娘大大的眼睛，漆黑漆黑的眼珠子，透着一脸机灵和调皮劲儿，梳着一根又长又粗油光水亮的辫子，额头上还留着一排长刘海，站在那里像棵水葱儿似的。她叫小红。当她发现了西乐队中的小陈和老王，不由得心里欢喜，直朝他们打招呼。

　　起先，下面的小陈正在专心致志地吹着喇叭，根本没时间朝着上面看，一开始并没有看到小红。可是老王就不一样了，他手里拿着报纸四周张望着，他抬头时正好看到了在得意楼酒馆阳台上的小红。老王赶紧摇着手里的报纸高兴地和小红打着招呼，他用胳膊使劲碰了碰身边的小陈，示意他朝上面看。小陈抬头

☆小陈和老王也看见了小红，小陈高兴得又是挥手又是叫喊着，似乎忘记了周围的一切，好像只有他们几个人在这里一样。

看到了小红，小陈高兴得又是挥手又是叫喊着，似乎忘记了周围的一切，好像只有他们几个人在这里一样。

这对高兴的年轻人完全活在了自己的精神世界里，这街上锣鼓喧天的热闹场面仿佛对他们一点影响也没有，反而成了他们的衬托。这楼上楼下的便打开手势了：阳台上的小红拿着个戏单又是竖眉，又是努嘴，又是点头，又是摇脑袋，一会儿用手掌贴在耳朵边，一会儿手里的歌折子撒开了，闹了个手忙脚乱，冲着楼下的小陈说着什么。小红的表情那叫一个丰富，所有能用得

☆这楼上楼下的便打开了手势，小红拿着个戏单，又是努嘴，又是点头，又是竖眉，又是摇头，冲着楼下的小陈说着什么。

上的和自己能够做出来的，全都搬了出来，并且这还觉得不够用。

下面的小陈冲着上面又是吹小号，又是比划。迎亲的队伍已经从小陈的身边走过，这迎亲的队伍怎么着也不会等着小陈的，况且小陈也完全忘记了自己还叫吹小号这一说，他还在马路上对着楼上的小红不断地做着手势。这时可急坏了楼上的小红，她站在楼上当然能够很清楚地发现小陈已经远远地离了队，只见急得小红睁大了双眼，张着嘴，用手连连指着前面，催着小陈赶紧追赶上乐队，可是小陈并没有明白小红的意思，街上人声嘈杂，小红用手掌贴在耳朵边上，

☆下面的小陈对着上面又是吹小号，又是比划。迎亲的队伍已经从他身边走过，他还在马路边对着小红不断地做手势。

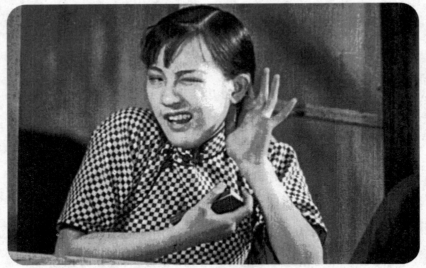

☆街上人声嘈杂，小红用手掌贴在耳朵边上，想听见小陈在说什么，又总是听不清，十分着急。最后她拿出一条白手绢挥舞起来，小陈才不得不去追赶队伍。

☆小陈随着队伍走过去了，小红还在阳台上挥舞着手绢。直到看不见小陈的影子时，她才从阳台上懒洋洋地走进屋来。

想听见小陈在说什么，又总是听不清，十分着急。看小陈还没有追上来，已经跟着乐队走了很远的老王赶紧往回跑，见小陈还在得意楼的下面仰着头和小红比划着，他也顾不了这些，来到小陈的跟前，拉着小陈的胳膊就赶紧走。看着他们愈走愈远的影子，小红还直向他们挥手绢呢。最后她拿出一条白手绢挥舞起来，小陈才不得不去追赶队伍。

小陈随着队伍走过去了，远远地传来中西乐队的旋律。小红还在阳台上依依不舍地挥舞着手绢。直到看不见小陈的影子时，她才从阳台上懒洋洋地走进屋来。

第二章

小红在酒馆中卖唱

得意楼酒馆的楼座，稀稀落落的客人在品茗、小饮、聊天。琴师已经揽上趟生意，拉胡琴的人是小红的师傅，又是小红的养父。他正靠墙坐着，用眼睛四下里寻找小红，看到小红从阳台上推开纱门走进来，瞪着眼

☆拉胡琴的人是小红的师傅，又是小红的养父。他看见小红从阳台上走进来，瞪着眼问她："干什么去啦？这么大的姑娘，心还这样野！"

不耐烦地叫道:"小红,过来!"小红看到琴师在叫自己,马上收起脸上的笑容,转过身来,一脸不高兴地看着琴师,这时琴师看着小红不高兴地说道:"干什么去啦?这么大的姑娘,心还这样野!"

小红依旧没说话,只见她收起手绢,撅着嘴,斜眼望着琴师,脸上刚才那副笑容顿时无影无踪了,她低着头,拖着迟缓的步子向琴师走来。小红还沉浸在和小陈愉快相见的情景里。琴师穿了件油腻腻的旧长衫,头戴瓜皮帽,一脸络腮胡子,脸色阴沉沉的,一手提着二胡,瞪着眼睛看着小红。小红走拢来,站在琴师身旁,斜着眼望了琴师一下,嘴一撅,低头不语,只是用手揉着手绢。

☆小红摆弄着手绢,撅着嘴,斜眼望着琴师,拖着迟缓的步子走了过来。她还沉浸在和小陈愉快相见的情景里。

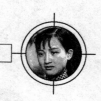

　　有人要小红唱个歌给他们听，琴师将二胡的弓取下，然后赔着笑脸，向座中的一个客人问道："唱什么？"那个客人看着琴师说道："随便唱一个什么好啦。""唱一个《四季歌》好吗？"琴师躬身问道。"行行，随便。"那客人说。琴师定了弦，目光威逼地斜睨了小红一眼。小红还是低着头，撅着嘴，将手绢往手指上卷。琴师低下头，专心一意地拉着过门。

☆有人要小红唱个歌给他们听，琴师将二胡弓子取下，陪着笑脸向座中的客人问道："唱个《四季歌》好吗？"得到客人应允后，便拉起了二胡。

　　这个时候，流氓古成龙带着"寄生虫"老陈走上了酒楼。心怀鬼胎的他们贼眼乱转，无意间看到了正在唱歌的小红，不由得一愣。只见他向小红瞟了一眼，拣了个座位坐下。两人都目不转睛地盯着小红。

☆这时，流氓古成龙带着"寄生虫"老陈走上了酒楼。心怀鬼胎的
　他们贼眼乱转，看见了正在唱歌的小红，不由得一愣。

☆小红两手揉着手绢，面无表情地跟着琴声唱起了《四季歌》："春
　季到来绿满窗，大姑娘窗下绣鸳鸯，忽然一阵无情棒，打得鸳鸯
　各一方……"婉转的歌声吸引了在座的每个人。

小红揉着手绢，和着琴音面无表情地跟着琴声唱起了《四季歌》："春季到来绿满窗，大姑娘窗下绣鸳鸯；忽然一阵无情棒，打得鸳鸯各一方……"婉转的歌声吸引了在座的每个人。伴随着歌声，出现了以下画面：窗外绿叶成荫，一片春色。一个年轻的姑娘在窗下绣鸳鸯。姑娘闻爆炸声，向窗外望去，远处炮弹落地爆炸。沙场上两军对垒，炮火猛烈，士兵们冲锋陷阵。战争带来了灾难，人们背着行李，扶老携幼在逃命。

　　古成龙色眯眯地两眼死盯着小红，心里在打着鬼主意。"寄生虫"老陈向他耳语着，也不怀好意地斜眼瞟

☆古成龙色眯眯的两眼死盯着小红，心里在打着鬼主意。"寄生虫"老陈向他耳语着，也不怀好意地斜眼瞟着小红。

着小红。

　　小红清亮的歌声在堂子里继续飘荡，她边唱边扎着自己的小辫。座上的客人都在静静地听着小红嘹亮、清脆而动人的歌声，完全沉浸在了这优美的歌声里。小红继续唱道："夏季到来柳丝长，大姑娘漂泊到长江；江南江北风光好，怎及青纱起高粱。"随着歌声，出现了以下画面：江边的垂柳随风飘拂。弱柳迎风，透过柳丝，可见一片大江景色，江边有一叶轻舟。江边古树，风景宜人。西湖上，游艇在垂柳间来去穿梭。艇过三潭印月。

☆小红清亮的歌声在堂子里继续飘荡，她边唱边扎着自己的小辫："秋季到来荷花香，大姑娘夜夜梦家乡，醒来不见爹娘面，只见窗前明月光……"一副天真无邪的模样。

座上的客人聚精会神地听着，有的频频点头称赏。
小红继续唱道："秋季到来荷花香，大姑娘夜夜梦家乡，
醒来不见爹娘面，只见窗前明月光……"随着歌声，出
现了以下画面：满池荷花，出水亭亭，微风拂来，清香
扑鼻。一个姑娘在池边瞌睡。池塘里倒映出村舍一角。
姑娘醒来，走到窗前，凝望着窗外的明月。小红低头唱
着，一面无意识地玩弄着手指。客人们细听着。古成龙
两眼盯着小红，一手不住地抚摸着下颏，笑嘻嘻地听
着。小红继续唱道："冬季到来雪茫茫，寒衣做好送情
郎；血肉筑出长城长，依愿做当年小孟姜。"随着歌声，
出现了以下画面：大雪纷飞，一幅农村雪景。一个姑娘

☆古成龙两眼色眯眯地盯着小红，不住地抚摸着下颏，一边听着小红唱歌，
　一边打着坏主意。

提着衣包，在雪地里赶路。画面上露出雄伟的长城一角。

　　小红边唱边扎着小辫，她唱完，小辫也扎好了，她依然低着头，撅着嘴。古成龙手托着下巴，看着小红满面春风地笑道："小姑娘唱得真不坏！"寄生虫老陈坐在一旁，夹起菜往嘴里一塞，忙赔着笑脸低声问古成龙道："你真喜欢她吗？""喜欢！"古成龙笑得合不拢嘴。"拉琴的我认识。""寄生虫"老陈说，古成龙一听老陈认识拉琴的，顿时来了精神，只见"寄生虫"老陈转身向那琴师叫道："老王！"琴师正在向那点唱的客人收钱，听见有人叫他，回过头来，看见"寄生虫"老陈，连忙招呼："呃！老陈！"他向客人收了钱，道了声"谢谢"，便往这边来。琴师来到了古成龙和"寄生虫"老陈的跟前，看着老陈微笑着问道："你什么时候到这里来的？""寄生虫"老陈一脸微笑地看着琴师，这时候古成龙指着座位对琴师说道："请坐！"琴师看着古成龙感激地说道："谢谢！""寄生虫"老陈见古成龙给琴师让座，赶紧回过头来看着古成龙，接着指着古成龙给琴师介绍道："这位就是古先生！"琴师龇牙咧嘴地赔笑着说道："哦，就是……"紧接着"寄生虫"老陈说道："对了，古先生。"琴师坐下，一迭连声说："久仰！久仰！""古先生很喜欢你的小姑娘。""寄生虫"老陈开门见山地说。琴师受宠若惊，忙说："噢！是吗？我叫她过来。"随即转过身来叫小红："小红，过来！"小红没有应，只是低着头默默地走了过来。琴师忙指着古成龙，

对小红说："叫古先生！"小红连看也没有看，没奈何，随便叫了一声："古先生！"古成龙满意地笑着，拉着小红的辫子说道："真不错！"古成龙猥亵地拉着小红的辫子不松手，被小红一把推开了。"寄生虫"指着古成龙身边的座位对小红说道："你坐，你坐下！"说完呵呵地笑了起来。古成龙目不转睛地盯着小红看，脸上露出不怀好意的神色。

☆歌唱完了，"寄生虫"老陈把琴师叫了过来，说："古先生很喜欢你的小姑娘。"琴师马上叫小红过来。古成龙猥亵地摸着小红的辫子，被小红一把推开了。

在一家生意不错的理发店里，有一个理发师也是小陈的好朋友，他正在为一个客人剃头。

理发师还没给那个客人剃到一半，小陈和老王便兴冲

☆在一家较为热闹的理发店里，有一个理发师也是小陈的好朋友，他正在
为一个客人剃头。

冲地从外面走进店来。小陈走在前面，手里拿着小号，见
理发师正忙着，给理发师打了个招呼："嗳，小陆子。"见
小陈走进来，理发师也很高兴，笑着和小陈打招呼道：
"吓了我一跳，怎么回事？"老王紧跟着小陈走了进来，听
见了理发师和小陈的对话，他看着理发师笑着说道："胆
子这么小！"理发师看了看老王，笑了起来。小陈看着那
个客人的头，说道："做了一半了，你。"理发师接着说
道："做了一半了。"老王进来看着理发师不断地说："好
香！好香！哪儿这么香啊！"说着朝着四周查看，原来是
一个理发师正在给客人洒香水。老板正坐在椅上捧着水烟

袋吸烟，他戴顶缎便帽，穿着马褂长袍，大腹便便。小陈跟他寒暄道："呃，老板，生意好呀！""马马虎虎！"老板随口应道。小陈腋下夹着喇叭，走到一个理发师跟前，那理发师穿一件旧长衫，头发长长的，耳朵上还坠了个环子，正在做活计。小陈大模大样地说道："差不多了，不用剃了，不用剃了，上我家玩去吧！""就是，就是。"那理发师忙笑着应道。

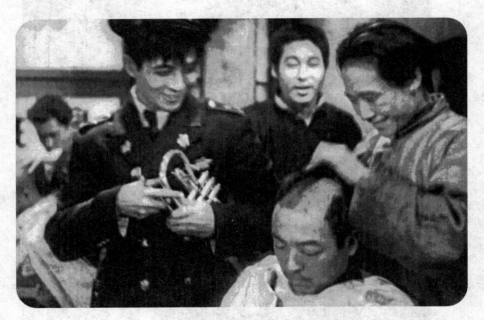

☆小陈和老王兴冲冲地从外面进来。小陈大模大样地走到理发师跟前对他说："好啦，好啦，不用剃了，上我家玩去吧！"理发师连连点头称好。

　　说着，理发师把小徒弟给叫了过来，一本正经地嘱咐旁边的小徒弟道："哎，我出去一下，你给他慢慢地剃，好好地剃，不要把人家的头这么瞎弄。"说着，他自己却不住地将那客人的脑袋摇来摇去。

☆理发师把小徒弟叫了过来，摇晃着那客人的脑袋吩咐道："好好剃，不要把人家的头这么瞎弄。"

☆小陈、老王和理发师走出了理发店，小陈举起小号朝左右两边吹了起来。

　　小陈、老王和理发师走出理发店，站在理发店的门口，小陈东张西望，见老王挡住了自己的视线，小陈便伸出手把老王的头往后摁着。小陈举起喇叭朝左右两边吹起来。

　　一个卖水果的小贩正在不远处卖着水果，这时正有人在那儿挑着水果要买，听见喇叭声，卖水果的小贩像着了魔似的，赶紧把挑水果的那个人的手拉开，背起装水果的筐子站起来就连忙朝着喇叭声的方向赶来。

☆一个卖水果的小贩听见号声，忙提起他的水果篮子，朝响起号声的地方赶了过来。

　　在一家老荐头店打瞌睡的一个失业者，听见喇叭声，睡意也没有了，他赶紧站起来，微笑着朝不远处摇了摇手，揉了揉眼睛，打了个呵欠，抖擞精神，也赶了来。失业者来到小陈的面前，给小陈敬了一个标准的军礼。

☆一个失业者正在一家店铺门前打瞌睡，听见号声，揉了揉眼睛，抖擞了一下精神，也连忙赶来。

第三章

义结金兰的五兄弟

小贩和失业者都赶到了，他们五人马上排成了一队；小陈像只好斗的公鸡似的，站在最前面，昂头吹着小号；老王将一张报纸打开，两手扯起来当大旗；理发师手握剃刀当指挥刀；小贩用两节甘蔗与篮当鼓敲；失

☆他们五个人排成了队，小陈站在最前面，昂头吹着小号，老王将一张报纸打开，双手举起来当大旗，其他人跟在后面，踏着整齐的步伐"开进"了小陈所住的太平里。

业者像个小兵走在最后。这支"队伍"按着喇叭吹的进行曲的节拍，踏着整齐的士兵步伐，经过冷清清的小街小巷，雄赳赳气昂昂地开进了太平里。

小红的家与小陈的家两窗相对，中间只隔一个弄堂。小红在家里听到小陈吹的喇叭声，以为小陈回家来了，忙撩起窗帘向对面招手。可是，对面的窗帘依然下垂，一点动静也没有，她不觉扫兴地撅了下嘴，懒懒地将自己的窗帘放下。小陈吹着喇叭，领着"队伍"进了自己的家，一个个鱼贯上楼。到了楼口，碰上年轻漂亮的房东太太抱着小宝宝在那里等着，小陈走到她跟前，将喇叭对着宝宝鸣地吹了一下，房东太太娇嗔地将小陈一推，骂道："死鬼！你把他吓死了！""宝贝，别怕！别怕！"小陈听房东太太这么一说赶紧凑上前去用手拉住小宝宝的手安慰宝宝。老王等四人见这情景，偷偷在旁边耳语了几句，就溜进了小陈的房间。房东太太一双水灵灵的眼睛不住地瞟着小陈，一边娇里娇气地说："宝宝老远听见你的喇叭声音，就知道你回来了。""噢，是吗？宝宝真乖！"小陈顺着房东太太的话说道。说完小陈就要朝着楼上走，房东太太看小陈要走，忙指着小陈的衣服对着宝宝说道："宝宝，你瞧，陈叔叔的外国衣服好看不好看？"房东太太搭讪着说。"不好看，噢？"小陈听房东太太这么一说，转过头来对着宝宝说道。小陈又要走，这时房东太太拦了小陈一下，继续对宝宝说道："宝宝，你瞧，陈叔叔像不像外国兵？"这是房东太太又另找的话题。这话似乎使小陈有了摆脱的机会，他忙问宝宝："像不像，呃，宝宝？陈叔叔操操给你看，好不好？你看呐。"说着他就操起来，嘴里还喊着："一二一，一二一……"想就此溜进房去。"立正！"谁知房东太太发出口令，她还是想借机跟他歪缠。小陈很无奈地停了下来，这时房东太太见小陈停了下来，抱起宝宝对着宝宝说道："宝宝，让陈叔叔抱抱！"说着把手里的宝宝举起来，递到了小陈的面前。小陈无奈地看着房东太太递过来的宝宝，摇着头说道："我不会抱，我不会抱，让我亲亲！"小陈说着，就要去亲宝宝。房东太太见小陈要亲

☆小陈领着"队伍"进了自己的家，到了楼口，碰上年轻漂亮的房东太太抱着小宝宝。小陈要亲亲小宝宝，房东太太却不让他亲，说他嘴臭。房东太太假装要推开小陈，却将自己的手背贴在了他的嘴上。

宝宝，这是她不愿意干的，只见她看着宝宝说道："宝宝，不让他亲，不让他亲，他嘴臭的，他嘴臭的，是不是呀？"房东太太一手把宝宝抱开，另一手却假装要推开小陈故意贴在他的嘴上。

小陈推开房东太太的手，忽然像感冒了似的，昂起头，眯着眼，打了个喷嚏，做出一副怪相，一步一步地进房间去了。房东太太看着小陈表现出来的怪相，也是一点招都没有，愣愣地看了一会儿，就抱着孩子走了。

☆小陈忽然像感冒了似的，打了个喷嚏，做了一个怪相，一步一步地回到了自己的房间。

小陈要不是使了个怪招，想很快脱身应该不容易，估计还得被房东太太纠缠一会儿，在小陈的房间里，老王等四人挤作一堆，透过壁缝，正在兴致勃勃地窥视着小陈和房东太太的秘密。忽然，小贩回过头来对着大家笑着宣布："下去了！下去了！"他是说房东太太下楼去了。正在这时，小陈已走进房来，他随手将上衣解开。老王迎上来他取笑道："这位房东太太对你真有点意思！"

☆老王见小陈进来，和他开玩笑说："这位房东太太对你真有点意思！"

理发师笑着站起来，将一只手往老王的嘴上一抹，模仿着房东太太的神气，尖声尖气地说道："他嘴臭的，不要给他亲，不要给他亲，嘿嘿！"老王赶紧擦嘴，一边埋怨道："都是短头发！"连着吐了几口唾沫，又逗小陈道："小陈，你嘴臭不臭，她怎么知道呀？"小陈不管青红皂白，将他们推开："别胡闹！滚开！滚开！"

☆理发师将一只手往老王嘴上一抹，模仿着房东太太的口气："他嘴臭的，
不要他亲，不要他亲，嘿嘿！"老王接着逗小陈："你嘴臭不臭，她怎么
知道呀？"小陈打了理发师一下："别胡闹！"

　　小陈将他们推开，把上衣解开，露出了假衬衣的领
子。这时候理发师迎上去，看着小陈说道："真像个外
国兵呢！外国兵的衬衫，也只有这么一点呢！"说着，
理发师拿起剃头刀，把小陈胸前的假衬衫嗤地割去一
块。看理发师把自己的假衬衫给割去了，小陈使劲地推
了一下理发师，把他推到了一边。随后他把自己的外衣
收拾好，挂在了衣架上。

　　这时失业者拿着一张相片，想说什么，可就是结结
巴巴说不清楚，一张脸急得通红。小陈一边将胸前那块

☆小陈将他们推开，把上衣解开，露出了假衬衣的领子。理发师迎
　上去："真像个外国兵呢！外国兵的衬衫，也只有这么一点呢！"
　说着，就用剃头刀割去了一块。

☆失业者拿着一张用报纸卷着的相片，想说什么，可就是结结巴巴
　说不出来，脸涨得通红通红的。小陈看他那么个样子，对他说：
　"你说不出来就别说了吧。"

假衬衫解下，一边气冲冲地制止他道："好啦，好啦，不会说话，就少说话，好吧？"失业者望了小陈一眼，嘴张了一下，然后一撇，就不吭声了。

这时小贩来到了失业者的跟前，指着失业者手中的相片，高兴地说道："小陆子，这张相片给他找到啦！"理发师一听，赶紧走过来看："拿到我们家里挂去。"理发师说着，就把相片拿过来放在桌上看。看理发师要把照片拿走，小贩对着理发师说道："好，我们写几个字好不好？"原来，这是他们五个人结拜把兄弟的时候照的相片。

☆小贩指着失业者手中的相片，高兴地说："这张相片被他找到啦！我们在上面写几个字好不好？"原来，这是他们五个人结拜把兄弟时照的相片。

"我来写，把笔拿来。"理发师说。小贩递给他笔，他提起笔想写，上来就被一个字给难住了，急忙向小陈请教："小陈，'有福同享，有难同当'的'难'字，怎么写呀？"

☆理发师凑了过来，说："我来写，把笔拿来！"他提起笔，上来就被一个字给难住了，急忙向小陈请教"有福共享，有难同当"中的"难"字怎么写。

　　小陈正往墙上挂衣裳，他煞有介事地说道："笨蛋，连'难'字都不会写？哎呀！我来！我来！"说着他把衣服往边上一扔，神气活现地走过来，用手挨个儿敲着他们三个人的脑袋，数道："一、二、三，三个笨蛋！"理发师让了座给小陈，小陈拿起相片端详了一下，这是他们五人的合照，小陈站在当中。他提笔在相片右边写上"有福共享"四个字。

☆小陈煞有介事地说："笨蛋，'难'字都不会写！我来，我来。"他提笔在相片右边写上"有福共享"四个字。

正要在左边写"有难同当"时，小陈也被"难"字难住了。他抬起头，嘴里不禁念着："有难……难，难……难字……""难，难……"理发师也跟着念叨。"老王，'难'字怎么写的呀？"小陈抬起头看着老王问道。

老王正在把报纸往破板壁上糊，听到小陈问自己，他停下手里的活，转过身来，看着小陈随口答道："'难'字还不容易吗？就跟母鸡、小鸡的'鸡'字差不多。"说着低头用手指在手掌上划来划去，"这边半个才子佳人的'佳'字，这边半个上海的'海'字，噢，不，

☆正要在左边写"有难同当"时，小陈也被"难"字难住了。他抬起头，看着老王问道："老王，'难'字怎么写呀？"

☆老王正在把报纸往破板壁上糊，随口答道："'难'字还不容易吗？"可是他也想不起来。接着又说："噢，想起来了，昨天的报纸上有的。"

半个天津的'津'字，噢，也不。"他自己也糊涂了，"慢点，难，难，就在嘴边上的，难，难，噢，想起来了，昨天报上有的。"

说着，他回转头去，在壁上找那张报纸，总算找到了，只见报上大字标题写着"国难当头，匹夫有责"。他忙将"难"字撕下，递给小陈，说道："在这里呐，瞧，这不是半个才子佳人的'佳'字吗?"小陈等几个人都围了过来。小陈接过来一小块报纸看了看，说道："可是，这边不是半个天津的'津'字，也不是半个上海的'海'字，是半个汉口的'汉'字。呃，你不过弄错了个地方，是倒是个地名。""呃……"老王无言以

☆他转过头去，在墙上找那张报纸，总算找到了。只见报上大字标题："国难当头，匹夫有责"。他忙将"难"字撕下，递给小陈。

对，只好含糊应了一声。

小陈在相片左边写上"有难同当"，然后念道："'有福共享，有难同当。'好，拿去吧！"

☆小陈在相片的左边写上"有难同当"，然后念道："'有福共享，有难同当。'好，拿去吧！"

第四章

为爱情小陈做表演

这时，窗帘上忽然一亮一亮的，小贩忙叫道："嘿，
瞧，无线电报来了！"

☆这时，窗帘上忽然一亮一亮的，小贩忙叫道："嘿，瞧，无线电报来了！"

　　原来是顽皮的小红靠在对面的窗沿，手拿着镜子，
把阳光反射在小陈房间的窗帘上。

　　小陈"嘘"了一声，忙站起身来对着大家说道：

☆原来是住在紧挨小陈房间的另一座阁楼上的小红靠在对面的窗沿上，手里拿着镜子，把阳光反射在小陈房间的窗帘上。

☆小陈"嘘"了一声，站起身来说："躲开，变戏法，变戏法！"不一会儿，窗帘拉开了，只见小陈换上西乐队的制服，手持一根短棒，像魔术师出台似的走到窗前。

"躲开，变戏法，变戏法！"朝着窗户走去。老王他们四人也挤拢来，小陈又向他们"嘘"了一声。不一会，像舞台上开幕一样，小陈这屋的窗帘慢慢地拉开了。只见小陈头戴西乐队作为制服的大元帅帽，手执一根甘蔗当短棒，像魔术家出台似的走到窗前。

小红坐在窗沿上，见此情景，十分高兴，不由得像观众似的拍起手来。

☆小红坐在窗沿上，见此情景，十分高兴，不由得拍起手来。

小陈眯着眼，像向着广大的观众似的向对面深深地鞠了一躬，把手里的短棒一抛一接，便耍起把戏来。

耍着耍着，小陈左手往身后一伸，蹲在下面的小贩

☆小陈眯起眼睛，向对面鞠了一躬。接着，把手里的短棒一抛一接，
便耍起把戏来。

☆耍着耍着，小陈左手往身后一伸，蹲在下面的小贩赶忙递给他一
个苹果。

赶紧递给他一个苹果。小红看得高兴，就用镜子把阳光
反射到小陈的脸上。

　　这时小陈慌忙把手一收，来遮耀眼的阳光，并且摇
手示意叫小红别再捣乱。耀眼的阳光没有了，只见他两
手一合，短棒不见了，右手一晃，却变出一只又红又大
的苹果来。接着，苹果飞到了小红手里。

☆小陈两手一合，短棒不见了，右手一晃，却变出一只又红又大的苹果来，
　他把苹果抛向了对面。

　　小红高兴之下，大大地咬了一口又香又甜的苹果。

　　小陈右手一晃，又变出一个苹果来，向小红屋里掷
过去。

　　这时，小红的姐姐——小云，在小红房间隔壁的一
间房里，蓬头散发地坐在梳妆台前：对着镜子正愁眉苦

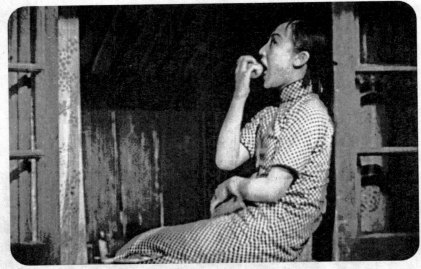

☆小红高兴地接住苹果，咬了一口。

☆小陈右手一晃，又变出一只苹果来，向小红屋里掷了过去。

脸地理妆呢。苹果掷过来打到了她房里，她不禁气冲冲
地推开房门朝对窗望去。

☆这时，小红的姐姐小云正坐在房间里，蓬头散发地坐在镜子前面。苹果
　恰好打到她的房里，她不禁怒气冲冲地推开门朝对面窗口望去。

　　小陈吓了一跳，赶紧躲到窗边上去，偷偷地张望着
对面。这边小红也从窗沿上不声不响地溜了下来，躲起
来了。小陈从窗帘缝里张望着对面，蹲在窗沿下的理发
师、失业者和小贩都好奇地探出头来，想瞧瞧动静，小
陈不由分说，将他们的头一个个按下去。老王却趁这个
机会伸头探视着对面的小云。小云又气又愁地站在门
口，两眼瞪着对面。她不过二十来岁，可是由于痛苦生
活的折磨，却像是三十出头的人了，身材瘦弱，一副病
态。脸上冷冰冰、阴沉沉的，连半句话都不爱说。小陈

躲在窗旁，赶紧将窗帘慢慢拉上。老王还是目不转睛地
注视着对面的小云。

☆小陈吓了一跳，赶紧躲在窗边，偷偷地张望着对面。老王也趁机探出头
看着对窗的小云。

　　小云默然地倚在门旁。忽听得琴师叫了声"小红"，
小红见琴师叫自己，知道这是个绝佳的溜出去的机会，
只见小红惊慌地看了姐姐小云一眼，挨着门旁溜过去，
一边把苹果拿出来咬了一口，看见琴师，赶紧又将苹果
藏在身后。

　　琴师在楼梯口提着鸟笼，瞪着眼指着鸟笼骂小红
道："你瞧，搞这么脏啊！这么大的姑娘，做这么一点
小事都做不来！"小红蹑手蹑脚地走过去接过了鸟笼，
出去打扫了。"只会吃饭！"琴师像个凶神似的看着转身

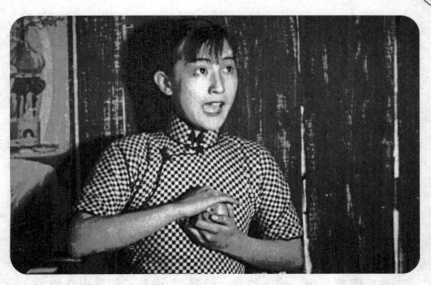

☆这边小红也不声不响地从窗沿上跳下来，躲进屋去。忽然听见琴
　师叫她，她答应一声，就挨着门边走了过去。

☆琴师在楼梯口提着鸟笼呵斥小红："你瞧，多脏啊！这么大的姑
　娘，连这么点小事都做不来，只会吃饭！"小红板着脸接过鸟笼，
　出去打扫了。

去打扫鸟笼的小红喝道。

琴师将鸟笼递给小红，就到自己房间里来。这时鸨母正在桌前对着梳妆盒的镜子卷着头发，她长得粗眉大眼，一脸横肉。琴师看鸨母正坐在镜子前梳妆，就赶紧赔着笑脸走过去说道："怎么样？我刚才跟你说的事，怎么样？""不是跟你说过了吗？没有。"鸨母粗声大气地说，头都没抬还是继续卷头发。琴师倚在她身旁，双手扶着她的肩膀，低三下四地恳求道："你总是……喏，喏，老脾气又来了。你也知道，我好不容易才认识了那个姓古的，应该跟他去喝喝酒，结交一下子，你说是不是？嘿嘿，快，快，给我，给我。"说着，他就去掏她的

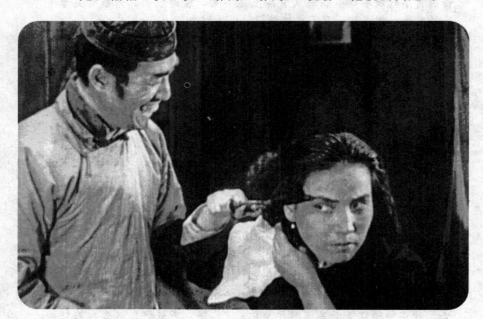

☆琴师回到自己屋里，低三下四地向当鸨母的老婆要钱。鸨母正在对着镜子卷头发，琴师倚在她身旁，双手扶着她的肩膀，掏她的衣兜。

衣兜。

　　琴师的这副狼狈相恰好被进来的小红撞上，琴师正没好气，便发作道："走路连声音都没有，真像个鬼！"

☆这副狼狈相恰好被进来的小红撞上，她将鸟笼递给琴师，连忙走开了。
　琴师没好气地说："走路连声音都没有，真像个鬼！"

　　小红将鸟笼递给琴师，连忙走开了。鸨母耐不住他苦缠，掏出几块洋钱给他，他这才接过钱，提着鸟笼，欣欣然地走了。琴师从鸨母那里得到了几块洋钱，来到跑马厅的栏杆外边，与流氓古成龙的"寄生虫"各提着鸟笼"冲鸟"——让鸟竞赛着学叫。

　　黑夜，在小巷口，灯光非常昏暗，小云懒洋洋地靠在一根电线杆上等待客人。她无聊地抽着烟，面容憔悴，愁眉苦脸。片刻，从小巷里传来脚步声，由于一种

☆琴师从鸨母那里得到了几块洋钱，来到跑马厅的栏杆外边，与流
　氓古成龙的寄生虫老陈"冲鸟"，让鸟竞赛着学叫。

☆晚上，小陈在自己房间和小红房间之间搭了一块木板，他走过来
　要扶小红从木板"桥"上过去，小红往下一看，禁不住头发晕、
　腿发软。

可怜的希望，小云表面上虽然身子没动一动，一双眼却
注意地瞟着来人。来人路过她的身旁，漫不经心地望了
她一眼，过去了。小云失望地低下头……小陈在自己房
间和小红房间之间搭了一块木板，小陈从木板上走到小
红这边来，要她从"桥"上过去。"桥"离地很高，小
红往下一看，禁不住头发晕，腿发软。

　　小陈在背后小心翼翼地扶着她，老王在这边接着，
小红勇敢地踏上了木板"桥"。

☆小陈在背后小心翼翼地扶着她，老王在这边接着，小红勇敢地踏上了木
板"桥"。

　　刚到对面的屋檐边，小红一只脚才踏上屋檐，只听
"哗啦"一声，小陈和"桥"板一齐掉了下去。这一下，
可吓坏了小红，双手死死地蒙住眼睛，半晌不敢看。过

了一会儿，慢慢睁开眼睛，只见小陈抓住屋檐旁的皮线
在那里晃悠呢。

☆小红一只脚刚踩到对面的屋檐，只听"哗啦"一声，小陈连同木板"桥"
一齐掉了下去，吓得小红紧闭双眼抱着柱子不敢动。

　　幸好，小陈抓住了屋檐旁边的一根皮线，没有直接
摔到地上。小陈顺着皮线像表演"空中飞人"似的悠了
过来，和吓得脸色苍白的小红一同钻进了窗口。

　　在小陈的房间里，小红一把摘下墙上挂着的乐队的
大盖帽，戴在自己的头上，又拿起制服给小陈穿上。只
见小红先把制服的那件假衬衣领子围在脖子上，随后站
到板凳上给小陈去拿制服。小陈把衬衣的领子弄好，来
到小红的跟前，小红把制服给小陈穿上。

　　小红从板凳上跳下来，一边给小陈扣着衣扣，一边

☆幸好，小陈抓住了屋檐旁边的皮线，没有摔到地上。他慢慢地顺着皮线爬上屋檐，和吓得脸色苍白的小红一同钻进了窗口。

☆到了小陈的房间，小红一把摘下墙上挂着的大盖帽，戴在自己头上，又拿起制服帮小陈穿上。

用深情的眼光看着他，小陈的脸上也露出了幸福的
笑容。

☆小红一边给小陈扣着衣扣，一边用深情的目光看着他，小陈的脸上也露
　出了幸福的笑容。

第五章
被漠视小云感失落

老王有查看旧报纸的习惯，他希望能看到和自己生
活有关的好消息。小陈看老王在那儿正专心致志地看
着，只见小陈穿好制服后，对着小红"嘘"了一声，示

☆老王有查看旧报的习惯，他希望看到和自己生活有关的好消息，这次他
　又从报上看到"大世界"的戏曲广告，便让小陈和小红来看，三个人看
　后，相视一笑，然后就手挽手走了出去。

意小红不要发出声音，不知道小陈又要搞什么恶作剧。只见小陈蹑手蹑脚地来到老王的跟前，坏笑着回头看了小红一眼，见小红正看着自己，小陈就扭过头去，举起手摁着老王的头使劲地往墙上一撞。老王捂着被撞疼的头，扭头看了小陈一眼，小陈高兴得朝着小红在笑。这时他正在看壁上的报，报上载有"大世界"的戏目广告。老王就拉着小陈看自己刚刚看到的信息，小陈也来看报上的戏目广告，并招手叫小红来看，三人相视一笑。小陈、小红、老王三人手挽手走了出去。

做私娼的小云正靠在巷口的电线杆上无精打采地等待着客人。这时一个警察从那边走过来，正在东张

☆做私娼的小云正靠着巷口的电线杆无精打采地等待着客人，一个警察从那边走过来，小云马上躲进巷子里。警察没有发现她，就走了过去。

西望地看着，小云马上缩身在黑暗中，躲进巷口。警察走过来，仔细查看了一下，并没有发现她，就走了过去。

　　小云整理了一下自己的围巾，刚要探出头来，正好看到这时小陈、小红和老王三人兴致勃勃地从小街那头走过来。小红夹在小陈和老王的中间，时而分别挎住他们的胳膊，高兴地蹦着；时而甩开他们俩，蹦着跳着走在他们俩的前面，发出爽朗的笑声。这些都被躲在黑暗处的小红的姐姐小云看到了，说实话，小云打心眼里是羡慕这个妹妹的。但是小云也很担心小红现在的样子，因为一旦被琴师知道他们在一起，那小红可就惨了。所

☆这时，小陈、小红和老王三人兴致勃勃地从小街那头走过来，快到巷口时，小云从黑暗中闪了出来，一把将小红拉住，要小红回去。

以她也不知道妹妹的这种高兴能够持续到什么时候。当他们快到小巷口时，老王走在最前面，已经走过去了，小红走在中间，小陈跟在小红的后面。小云见小红正好走在自己的跟前，只见她忽然从黑暗中走了出来，一把将小红拉住，示意要小红回去。

老王正在前面走着，回头一看，看见了小云正在拉着小红，只见小陈不高兴地站在那儿看着。小红知道小云要她回去是怕琴师和鸨母发现她私自跟人去逛"大世界"，不然的话会遭到他们的毒打，虽然她舍不得"大世界"，可想起他们那阎王脸，加上小云好意的无言的

☆小红一步一回头地回家去了。小陈正要追上去，却被小云拦住了去路，小云含情脉脉地痴望着小陈。小陈却望着走在前面的小红，看都不看小云一眼。

催促，也只好死了这条心。她拖着懒懒的步子，一步一
回头地朝回家的路走去。小云瞧着小红离去，小陈回头
看了一眼小云，想要追着小红去，只见小云伸出一只手
撑在电线杆子上拦住小陈的路，脉脉含情地盯着他。小
陈抬头面无表情地看着小红的离去，根本就不看小云一
眼。小云见小陈连看都不看自己，就把手放在小陈的胸
口上，小陈还是视而不见。老王走在最后，小云对小陈
的爱慕，他都看在眼里了，他忙退回身去，隐在黑暗
里。小陈站在那里默然无语，他对小云连瞧都没有瞧，
两眼直望着走在前面的小红。一只纤瘦而苍白的手伸过
来温柔地抚摸着他上衣小口袋上的花和纽扣。

☆小陈木然地推开小云的手，怒气冲冲地走了过去。小云好像被迎头浇了
　一盆凉水，望着小陈的背影，深深地叹了口气。走在后面的老王把这一
　切都看在眼里。

小云的手顺着小陈的纽扣由上往下滑，小陈觉得很不舒服，一阵厌恶的感觉使小陈蓦然推开面前这个女人的手，他高高地昂起头，怒冲冲地走了。小云好像被小陈迎头浇了盆凉水，心中泛起一股辛酸混合着嫉妒的感觉。她痴痴地望着小陈远去的身影，慢慢地低下头来，深深地叹了口气。这一切都被走在后面的老王都看在了眼里。

　　等小陈走后，老王静悄悄地从巷内走出来，怀着朴实、善良而友好的同情，默默地站在小云的身旁。老王站在那儿，一句话也不说，只是默默地看着她。小云转

☆老王走到小云身旁，默默地站了一会儿，从兜里掏出香烟，递给小云一支。小云望了老王一眼，接过烟，就着老王递过来的火，默默地抽起来。

眼看了看老王，老王见小云转眼看了自己就赶紧从兜里掏出一盒香烟，抽出来了一支递给她。小云看到了老王递过来的烟，无精打采地抬起头望了老王一眼，随后接过烟，就着老王递过来的火，默默地抽起来。

清晨的黄浦江畔，显得特别的清净，早起的人们已经陆续奔波在街上了。天慢慢地亮了起来，在一条小街的一角，早餐摊已经支好了，做早餐的老板已经把早餐的一切都准备好了。这时已经有吃早餐的人们陆续地过来了，人们正在小摊上吃着早点。一抹朝阳照在黄浦江上，人们又开始了一天的辛劳。小云愁容满面地拖着沉重的步子回到家里。

☆天慢慢亮了，一抹朝阳照在黄浦江上，人们又开始了一天的辛劳。小云愁容满面，拖着沉重的脚步回到家里。

鸨母昨天晚上在朋友家打了一夜的麻将，大概是输惨了，反正是一夜的手气都不是很好。她心里憋着一肚子的火气，看着桌子上自己抓的牌那就是想要什么就不来什么，不要什么还偏偏就来什么，刚刚打出去一张，结果会紧接着再抓过来一张。鸨母看着自己的牌实在是闹心，她感觉到自己再打下去就会疯的，只见她将手里的牌狠狠地往桌上一推，对身旁一直在看着自己的打牌的一个人龇着牙生气地说道："老刘，给你打吧，今天这手气，我还不如回去睡觉。"说着，她站起身来，转身回家去了。小云从外面回来，一声不响地来到鸨母房里交皮包，这是鸨母的规定，每天出去回来必须第一时间赶到这里来交。小云敲门进来，这时琴师正起床穿鞋。小云见鸨母不在，知道就琴师一个人，自己会受到欺负的，小云是想着能赶紧离开这里最好，只见小云像避灾躲难似的连忙回头向屋外走去。琴师可和小云的想法不一样，他巴不得小云在鸨母不在时候来呢，琴师见小云要走，赶紧说道："呃，慢一点走。"琴师连忙喊住她，一股邪恶的火焰从他胸中升起。琴师双眼冒着邪气地看着小云，还一脸关心地对小云说道："你不要见着我就逃，我没有对不起你，我们的事情只能怪我们自己不小心，给老太婆知道了，她吃醋，打你，我在旁边也难说话呀，你自己想想……"琴师说得自己好像是一副救世主的样子，但是心里却是另外一种想法。只见琴师说着，三步两步抢过去，不由得小云分说，就像饿虎扑羊似的把小云搂在怀里。小云本来心里就不是滋味，回

来又见到琴师的这副嘴脸，只见小云怒从心起，下死劲
把他一推，琴师一个跟跄，倒在床上。小云也真是运气
不好，碰巧这会儿，鸨母撞进来了。本来打牌就输得够
惨，已经让她闹心不已了，现在又看到这些，真是气不
打一处来，不由得怒气冲天，看着琴师和小云就破口大
骂道："嘿！怪不得，你们又在这儿捣鬼，叫我怎么不
输钱。"大骂完鸨母走到小云的身边，伸手夺过小云手
中的钱包，打开一看，里面空空的，她气得将钱包往桌
上一扔，看着小云大骂道："不要脸的东西，光光地出
去，光光地回来，真气死我啦。"说着，一把抓住小云
像老鹰抓小鸡似的，狠狠地骂道："贱东西，还不给我

☆鸨母劈手夺过小云手中的钱夹，打开一看，里面空空的，凶狠地将钱夹
往桌上一摔："光光地出去，光光地回来，贱东西，死出去！"

死出去！"

　　说着，鸨母凶狠狠地抬起手打了小云两个耳光。小云是个有眼泪往自己肚里咽的女人，每次碰到这种事情，她从来都是一点也不反抗，只是默默地承受着。这么多年了，小云自己心里也明白，就是自己现在反抗，估计得到的一定是比这更狠的毒打。只见她一句话没说，头一偏，走了出去。但从她射向鸨母的冷峻的眼光中，可以看出她心底蕴藏着多少仇恨。琴师早在趁着鸨母毒骂小云时，已经溜之大吉了。琴师是担心鸨母在收拾完小云后，腾出时间，又要来收拾自己。他要在鸨母没有时间的时候，赶紧出去，这样自己最起码今天就安

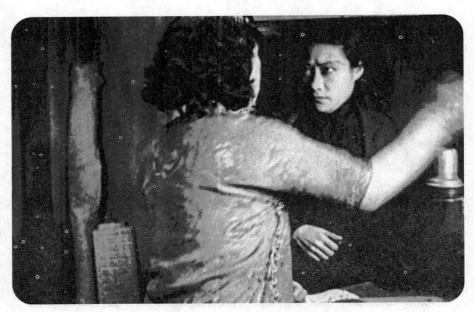

☆说着，抬起手打了小云两个耳光。小云是个有泪往肚里咽的女人，她一
　句话也没有说，头一偏，走了出去。

全了。从这点可以看出，琴师还真是个老奸巨猾的家伙。

现在正是清晨的时候，小红一大早就在鸨母房间外的窗户下取下琴师的鸟笼，向自己房里走去。这是琴师安排给她的事情，她每天早晨是必须要干的。小红提着鸟笼，走到自己房里的窗口，将它挂上，然后倚窗望着对面，她想小陈这个时候一定会出现在自己面前的，可是对面的窗帘垂着。小红和小陈约好的每天的这个时候，小陈会出现在对面的，但是今天小陈却没有，小红很担心小陈出了什么事。小红闷闷不乐地站在窗口。受到鸨母毒打和大骂的小云拖着疲惫的身体，心里有说不

☆小红提着鸟笼走到窗口，将它挂在窗户上，然后就朝对面的窗口张望。她想小陈这时候一定会出现在自己面前的。

出的痛苦，但是每天还必须这样在这儿煎熬着。小云闷声不响地走进了自己房中，一歪身躺在床上，痛苦地抽着烟。

对面的小陈今天没有起来站在窗口等着小红的出现，只见他和老王此时正逍遥地躺在床上睡着觉呢。在迷迷蒙蒙的梦中，小陈似乎听到了鸟叫声，原来他这是被对面窗口唧唧喳喳的鸟声叫醒，这时他的脑海里清醒了，只见他"噌"地从床上站了起来，赶紧来到窗户的跟前，顺手掀开窗帘，瞧见小红正在对面的窗口给笼里的鸟添水，小陈看到这儿，很是高兴，便用口哨吹着鸟叫的声音。

☆小陈被对面窗口叽叽喳喳的鸟叫声惊醒，"噌"地爬起身来，掀开窗帘，看见小红正在那边窗口给笼里的鸟添水，便用口哨学着鸟叫。

　　小红用匙给鸟笼添了水，听到了小陈学鸟叫的声音，她停下手里的活，抬起头看了小陈一眼，向小陈一笑，将一匙水往小陈这边一拨，水正好洒在小陈脸上。

☆小红向小陈一笑，将一匙水往这边一泼，水正好洒在小陈脸上。

　　小陈用手把脸上的水一抹，小陈看到小红笑了，自己心里也很高兴。稍后小陈一纵身往窗沿上一坐，笑眯眯地瞧着小红，嘴里学鸟叫的口哨转为《天涯歌女》的调子。小红听到小陈在吹着《天涯歌女》的调子，因为这是小红的拿手好戏，她平常在酒楼里跟着琴师唱的也是这个调子。所以小红很自然地也跟着唱起来。唱着唱着，小陈兴致来了，索性从窗旁取下那把二胡奏起了《天涯歌女》开始的那段过门。

☆小陈用手把脸上的水一抹，从窗旁取下二胡，奏起了《天涯歌女》的调子。

　　小红听着琴声，一边给鸟笼里的鸟添水，一边和着小陈拉着的琴声情意绵绵地唱了起来：天涯呀海角，觅呀觅知音，小妹妹唱歌郎奏琴，郎呀，咱们俩是一条心。哎呀哎呀，郎呀，咱们俩是一条心。小红情意缠绵地唱着，一边用抹布擦着鸟笼。小陈坐在窗沿上伴奏着。小红继续唱道：家山呀北望，泪呀泪沾襟……多美的一个画面啊！这一对有情有义的年轻人此时在一个大早晨构勒出了一个美丽的画面！虽然当时的条件很艰苦，他们的日子过得很清贫，但是他们的内心最起码在此刻是幸福的，是高兴的。现在他们的心里只有对方，没有别人，也没有任何的杂念。这是美好的时刻，也是幸福的时刻。

☆小红听到琴声，一边添水，一边和着琴声情意绵绵地唱了起来："天涯呀海角，觅呀觅知音，小妹妹唱歌郎奏琴，郎呀，咱们俩是一条心……"

　　此时的小红根本不知道自己的姐姐小云在一大早就已经遭受了琴师和鸨母的双人的不单单是心灵上的，还有身体上摧残。可以想到，要是小红知道姐姐经受了这个的话，她是不会在这儿和小陈一合一唱的，她一定会去姐姐的房间，去安慰一下自己的姐姐小云。此刻的小云躺在床上听到了妹妹小红唱的"家山北望"的歌句，不禁想起自己苦难的遭遇。她的内心像刀割一样，十分地疼痛。只见她把身子蜷缩成一团，愁锁双眉，一个人默默地忍受着痛苦，禁不住泪流满面。外面小红还在继

续唱道："……小妹妹想郎直到今，郎呀，患难之交恩爱深。哎呀哎呀，郎呀，患难之交恩爱深。"小红一会儿擦抹桌椅，一会儿躲在窗旁偷看小陈。当她唱完这段，桌椅也擦抹完了，索性将抹布向着小陈扔过去。小陈没想到小红会把这个扔到自己这边来，吃了一惊，仍然满面春风地伴奏着。

☆屋里的小云听到小红唱道"家山呀北望，泪呀泪沾襟"的歌句时，不禁想起自己苦难的遭遇，她紧锁双眉，泪流两颊。

　　小陈起来了，老王并没有起来。可是有小陈的琴声和小红的歌声，老王怎么着也会睡不着的。只见老王虽然睡在床上，翻过来，掉过去，歌声撩乱了他的心绪，怎么着也睡不着了，但他还是不愿意起来。他就这样在床上耗着，实在是难受了，他就用两手蒙住耳朵，又用

被子蒙住头。但是这样，好像也没有多大的作用，反而会觉得这样捂着，反而听得更清楚了。哎！这也就是心理作用，如果不是他心里有事，他是不会这样的。

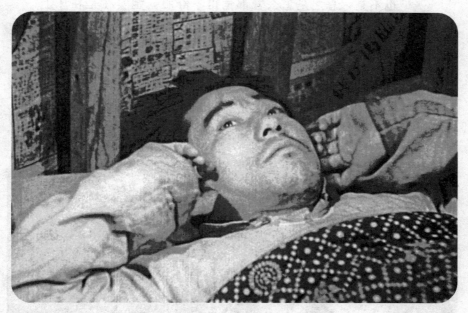

☆老王躺在床上，歌声撩乱了他的心绪。他用双手捂住耳朵，又用被子蒙住头。

外面的小红和小陈也根本不知道老王正在床上听到他们俩的歌声和琴声在闹心呢。他们俩还沉浸在快乐当中呢。只听见小红继续唱道："人生呀，谁不惜呀惜青春？小妹妹似线郎似针，郎哟，穿在一起不离分。哎呀哎呀，郎呀，穿在一起不离分。"小红一边唱，一边穿好针线，缝着衣裳。小陈伴奏着，也点头会心地一笑。歌声不但撩乱了老王，也撩乱了小云。小云的心里本来

就不舒服，现在加上小陈和小红两个在外面一合一唱的，再想想自己，心里更不是滋味了。小云的心里像翻倒的五味瓶，心绪难平。她觉得自己躺着也不是，趴着也不是，总之是怎么着都觉得不舒服。她实在是在床上待不下去了，只见她从床上爬起来，走到房门口，"嘭"的一声把门推开，中止了他们的琴声和歌声。小云从内心里是不愿意这样出来打断他们的，但是自己的心里实在是难受，也真的是无法再忍耐下去了。小陈和小红听到这一声响，赶紧停下来了，知趣地想要躲开。

☆"人生呀，谁不惜呀惜青春。小妹妹似线郎似针，郎呀穿在一起不离分……"歌声让小云心绪难平，她从床上爬起来，走到屋门口，"嘭"的一声把门推开，琴声戛然而止。

第六章

古成龙上门来逼婚

小陈正在兴头上，忽然被这一声响给吓得一惊，但是当他看见满脸愁容的小云站在房子门口时，小陈知趣地忙溜下窗沿，躲到窗户旁边，小心翼翼地慢慢把窗帘拉上。小红也被姐姐小云的举动吓了一大跳，也赶紧转

☆小陈看着小云满面怒容，赶忙溜下窗沿，躲到窗边，小心翼翼地把窗帘拉上。

过身去，不解地望着小云。平常里姐姐小云在她的面前
是很少这样的，姐姐的苦小红也知道，但是姐姐小云是
从来不会向自己的妹妹小红诉苦的。听到对面的一声
响，看小陈和小红没有声音了，老王这时赶紧从床上爬
了起来，趴在了窗户上。他猜到了肯定是小云出来了，
便偷偷地从窗缝里张望着对楼的人影。老王是打心眼里
喜欢小云的，但是小云似乎对自己不是很喜欢。自从上
次老王看到小云看小陈的眼神，他就知道小云肯定是喜
欢小陈的，但是小陈根本就不喜欢小云，小陈的心里只
有小红啊！老王替小云揪着心，但是小云却不理解自己
的心情。

　　琴师和"寄生虫"老陈及古成龙约好了，要一起带
着小红去逛街。琴师从家里拉着小红就走，小红也不知
道是怎么回事。但是被琴师拉着，实在是拗不过他，小
红也没有办法，只好跟着琴师走了，琴师拉着小红走进
了理发店。在理发店里，与小陈拜把的那个理发师在给
"寄生虫"老陈挖耳朵。在理发店靠里边一点的地方，
流氓古成龙正坐在那儿理发。琴师领着小红走进店来，
小红看到"寄生虫"老陈和古成龙，就知道了琴师的心
思。看到这儿小红的心里很是着急，她不知道接下来琴
师要搞什么。不过对小红现在还好，毕竟来的这家理发
店里面有位小陈的朋友。只见琴师拉着小红一直来到古
成龙身后，看着正在理发的古成龙满脸堆笑地说道：
"嘿！真漂亮！还像个十几岁的小伙子哩。"古成龙听到
琴师这样说自己，实在是觉得自己确实不像琴师说的那

样，就笑着说道："算啦，算啦。"古成龙自己很清楚自己的样子的。琴师见古成龙这么谦虚，故意违心地说道："真的，真的。完了没有？"这时古成龙见琴师还坚持这么说，因为店里的人多，他也实在是觉得琴师说的和自己确实不相符合，古成龙见理发师给你理完了，就故意转了话题，对着理发师说道："完啦！"理发师看着古成龙说道："是！"这时理发师正给他往头上洒香水。

☆琴师拉着小红走进理发店，满脸堆笑地对正在理发的古成龙谄媚道："嘿！真漂亮！还像个十几岁的小伙子哩。"

　　小红趁着琴师在讨好古成龙的时候，就赶紧悄悄走到小陈的好朋友理发师跟前，她这是想让小陈的朋友帮帮自己，希望自己能躲出去，急着对小陈的把兄弟用手指指古成龙，意思是告诉他，他们要带她走。理发师只顾望着小红的手势，完全忘记了自己还在给人掏耳朵，只听见"唉哟"一声，原来手里的耳扒子失了轻重，扎了那"寄生虫"的耳朵，痛得他龇着牙直骂"混蛋"，理发师忙赔着笑脸向他道歉。小红在那儿给理发师指了半天，理发师还是没有明白小红的意思。

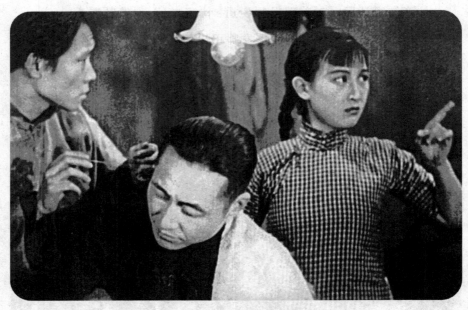

☆小红悄悄走到小陈的好朋友理发师跟前，用手指了指古成龙，意思是告诉他，他们要带她走。

琴师一直站在古成龙的身边，等着古成龙把头发理完。古成龙理完发，往光头上戴了顶礼帽，这才转过身来向小红道："小红，走啦，嘿嘿，我带你玩去。"小红没有办法，只好跟着他们走了。琴师领着小红跟着古成龙与老陈走出了理发店。理发师虽然没有明白小红比划的意思，但是他知道了琴师要带他们走。理发师见他们

走后，就悄悄地跟了出来，在后面注视着他们。

☆古成龙理完发，戴上礼帽，准备走。琴师转过身来对小红说："小红，走啊，嘿嘿，我带你玩去。"琴师拉着小红笑嘻嘻地跟在古成龙后面。

理发师瞧见小红他们出店走远了，他还真留心了，知道自己的把兄弟小陈的知心人——小红——可能要出什么事，忙奔出店门，左右张望着，同时吹响口哨，通知把兄弟们前来帮小陈一把。这口哨就是他们这几个把兄弟的紧急集结号，谁有什么紧急事，就会马上吹响口哨，听到这个口哨的其他把兄弟就会把自己手里的活停下来，赶紧朝着吹口哨的地方奔来。在街头卖水果的那小贩听见熟悉的口哨声，知道把兄弟们有什么紧要事，马上飞奔而来。理发师向小贩耳语了几句，小贩点头表示明白。随即跟踪了小红他们一伙。

☆理发师见古成龙带着小红走了，急忙将事情告诉了小贩，让小贩跟踪
他们。

　　小贩跟着小红他们来到了一家布店里，小贩不敢
上前，只有躲在布店的对面悄悄地观看着里面发生的
一切。只见琴师领着小红来到了布架子旁，指着上面
挂着的一架一架的花布，微笑着让小红挑选时新花布，
小红这时把自己的担心全抛到了脑后。对于小红来说，
能来到布店挑选时新的花布实在是奢侈的事情，所以
小红是非常高兴的，只见她高兴地将花布在身上比试。
看着那一块块花布都是那么的好看，拿着哪一块都不
舍得松手。古成龙站在小红身旁，看着小红拿着花布
爱不释手的样子，心里很是高兴，满心欢喜地看着她。

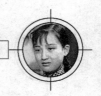

古成龙的心里想着只要小红高兴就行，小红高兴了，对自己也会喜欢的。小贩在布店对面探望着小红的动静。

☆在布店里，琴师忙着给小红挑选时新花布。小红高兴地将花布在身上比试，古成龙站在小红旁边，满心欢喜地看着她。

小红比试来，比试去，选了一块自己最喜欢的花布，古成龙看到小红喜欢，当即就给小红买下了。这下小红可高兴坏了。她哪里知道自己的喜怒哀乐全部都让在布店对面的小陈的把兄弟小贩看到了。逛完布店，古成龙领着琴师和小红又来到不远处的一家酒楼去吃饭。坐在一家酒楼上，茶房见古成龙带着人来了，赶紧走过来站在古成龙的旁边问道："还要什么菜吗?"古成龙熟练地点着："来一个油爆肚，来一个炒虾仁。"从这里可

以看出，古成龙应该是这里的常客。茶房听古成龙点了
几个，一一记好后，又礼貌地问道："还要什么呐？"
"来了再说吧！"古成龙说。茶房的说道："是！"说完，
茶房就赶紧去准备了。

☆古成龙领着琴师和小红坐在一家酒楼里，小红喜眉笑眼地摆弄着那块时
新花布，一副爱不释手的样子。

　　小红他们一行人从布店出来后，小贩也跟着他们
一起走。小红他们一行人上酒楼后，小贩躲在楼梯旁
探望小红的情况。茶房的人看到有人在门口盯着里面
看，就有点不耐烦了，只见茶房来到小贩的跟前，凶
狠狠地对着小贩呵斥道："呃，去！去！去！"小贩没
办法，只好走了。小贩想想，这样也好，正好他们在
这儿吃饭，估计还得吃一会儿，这样自己好赶紧赶回

去找小陈。

☆小贩提着水果篮子跟在他们后面，从布店一直到酒楼，看着古成龙在干些什么。

　　小贩费尽了周折，终于在一个小吃食摊上找到了小陈。来到小陈的跟前，小贩赶紧将自己看到的关于小红的情况全都告诉了他。小贩担心小陈对自己的话会不相信，到最后小贩对着小陈认真地说道："我看见的，我亲眼看见的，他们买了布，就上馆子去吃了点心，我也盯去的，我跟上了楼，还叫那伙计赶下来了呢！我看见小红很高兴。那个胖子买布给她的时候，她也很高兴的。"小陈听了小贩的话，一句话也没说，不知道是相信还是不相信小贩的话，但是他心里十分生小红的气。理发师坐在小陈的对面，也一直在听着小贩说的话。理

发师听小贩说完后，他相信了小贩的话，因为在理发店里他已经知道了小红确实是跟着琴师和古成龙一行人走的。只见理发师一边吃着东西，一边对小陈说道："我一看胖子不是好路的，我马上就叫阿丙去盯他去了。你瞧，我的眼睛没瞧错吧？"失业者也在吃面条，这时他也呀呀地说个不清。听了他们几个都在说，小陈就是自己再怎么不相信也不行了，看失业者这么结巴地说着，小陈有点不耐烦了，他冲着失业者一扬手，生气地说道："够了！够了！不会说话，就不要说！"小陈就这样猛然打断了他的话，猛地站起身来，戴上帽子，拿起喇叭，气冲冲地往外走。小陈实在是不能再听他们这几个

☆在一个小吃摊上，小贩找到了小陈，将情况告诉了他，并说："我看见小红很高兴。"小陈听了小贩的话，心里十分生小红的气。

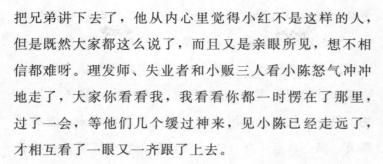

把兄弟讲下去了，他从内心里觉得小红不是这样的人，但是既然大家都这么说了，而且又是亲眼所见，想不相信都难呀。理发师、失业者和小贩三人看小陈怒气冲冲地走了，大家你看看我，我看看你都一时愣在了那里，过了一会，等他们几个缓过神来，见小陈已经走远了，才相互看了一眼又一齐跟了上去。

生着怒气的小陈没有去别的地方，而是一直往家里走去。等回到家里，就一直站在窗口，双眼一直望着小红家的窗户。不一会儿有一道白光射过来，照在小陈的脸上，小陈急忙用手遮住眼睛。小红根本不知道小陈已经在生自己的气了，她还觉得自己今天很幸运，虽然跟

☆回到家里，小陈站在窗口望着小红家的窗户。小红和往日一样在对面用镜子反射阳光照射小陈，小陈却满脸怒容，直着眼睛看着她。

着琴师和古成龙他们出去了一趟，但是也没有损失什么，只是跟着他们逛了个街和吃了顿饭。单纯的小红根本就没有在意什么，还有小红也根本就不知道理发师让小贩跟着自己，并且把自己的一举一动全都告诉了小陈。只见小红在对面用镜子把太阳光反射过来，她眉开眼笑，满心欢喜，并且连连做着手势要小陈等她，接着就转身进去了。小陈满脸怒容，直着眼盯着她，一动不动，也不吭声。小红自顾着自己高兴了，根本也没有注意到小陈的情绪有什么变化。

不一会儿的工夫，只见小红兴高采烈地从里面拿出了一块花布，来到了窗户前。小红高兴地拿着花布往身上比试着，想叫小陈看看怎么样。正在小红高兴的时候，谁知抬头一望，小陈这边的窗帘已经拉上了。小红以为小陈跟她闹着玩，也就微笑着点了点头，拿着花布转身走了下去。

小陈一看到小红手里拿着的那块花布，就知道是那个古成龙买给她的。不看到还稍微好点，看到了小陈真是受不了了。看到小红高兴的样子，小陈更是愤怒，只见小陈关上了窗户，气恼地躺在床上，脸朝着里边，翻过来，掉过去，心里怎么也平静不下来，心里翻腾得厉害。他心里想："小红怎么会是这么个人呢？难道就被一块花布迷住了眼睛！"这时卖水果小贩提着篮子偷偷上楼来，后面跟着失业者和理发师，一个个双手搭着前面人的肩膀。他们三个知道小陈此时的心情不好，所以他们三个特别小心，生怕有什么地

☆一会儿，小红满心欢喜地从屋里拿出一块花布，往身上比试着，
   想叫小陈看看。谁知抬头一看，小陈这边的窗帘已经拉上了。

☆小陈气恼地躺在床上，翻过来，掉过去，心里怎么也平静不下来。
   他想：小红怎么会是这么个人呢？难道就被一块花布迷住了眼睛！

方再让小陈看到心里不舒服了。他们悄悄地来到楼上，见到小陈已经躺在床上，他们也放下心来，还没等他们上来，只见小陈一转身，三个人又马上回转身，蹑手蹑脚走下楼去。

　　小红还觉得小陈是和自己闹着玩，就拿着花布高高兴兴地直接来找小陈了。只见小红怀里揣着花布，一脸高兴，赶了过来，刚上楼梯，正好碰上理发师、小贩和失业者三个一起下楼，今天这三个人看到小红的样子和之前大不一样，以前看到都会高高兴兴地和她打招呼，而今天三人看见小红就一副冷冰冰的样子，谁也没有正

☆小红拿着那块花布，满心高兴地来到了小陈的房间，看到小陈脸朝里躺着，就调皮地一笑，从墙上取下小号，对着小陈的耳朵，"嘟——"地吹了一声。

眼看小红一眼。弄得小红丈二和尚——摸不着头脑，但是由于小红此时的心情正是在兴头上，所以今天小红也没有计较这些。小红自己就悄悄地上了楼，她知道房间里就只有小陈一个人了，只见她轻轻地进了小陈的房间。看到小陈脸朝里躺着，小红便调皮地一笑，偷偷把壁上的喇叭取下，对着小陈的耳朵，"嘟——"地吹了一声。

小陈知道这是小红过来了，只见小陈坐起身来，愤怒地看着小红，而小红还高高兴兴将花布递过去一个劲儿要小陈看。此时的小红只顾着高兴了，也没有多想小陈会怎么样，她就知道小陈也会高兴。小陈一

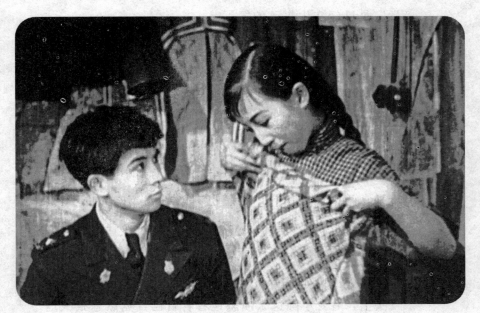

☆小陈恼怒地坐了起来，见小红还高兴地把那块花布往她自己身上比试，就一把夺过花布，从窗口扔了出去。

— 105 —

见花布，马上兜起满腔怒火，见小红还高兴地把那块花布往她自己身上比试。小陈实在是强压不住自己的怒火了，只见他起身一把从小红的手里把花布夺了过来，凶狠狠地看着小红，随即花布从窗口飞了出去。小陈的这一举动确实把小红给吓了一跳，因为自己和小陈交往以来，小陈还从来没有在自己面前发过这么大的脾气。平时就是两人因为一点小事顶嘴了，到最后肯定是小陈过来哄着自己，可是今天看小陈生气的样子肯定是自己哪儿招惹到他了，而且还惹得他十分生气。小红碰了一鼻子灰，直到这时才闹清楚小陈是在生她的气呢。小红又一想，那刚才关窗户的时候也肯定是已经在生自己的气了。

小红看到小陈这样对自己，也气得小嘴一撇，"哇——"的一声哭了出来，一边哭，一边向门外冲去。此时的小红觉得特别委屈，她怎么也想不起来自己是哪儿招惹了小陈，自己过来好好地找他，他怎么能这样对自己呢？小红还没有走出小陈的房间，只听见一声："站住！"后面响起小陈的声音。小红见到小陈这一连串不平常的举动和语言，心里也有一股火，连头也不回，只管往外走。见小红根本不理会自己让她站住，愤怒的小陈一下起身，快步走到小红的跟前，把她拦在房门口，怒不可遏地说道："小红，我恨你！"小红现在也在气头上，看着小陈这么愤怒地看着自己，竟然恶狠狠地对自己说这样的话，小红怒吼道："我也恨你！"小红满脸挂着委屈的泪水看着小陈表现得毫不示弱。小陈双眼

愤怒地看着小红，见小红不但没认识到自己做的事情的不对，而且还凶狠狠地这样对自己，他看着小红一字一句地说道："你不应该……"小红对于小陈的凶狠，一点也没有让步，她没有做任何的解释，没等小陈把话说完，小红就大声地对着小陈带着哭腔喊道："没有什么应该不应该。让我走！"小陈心里的怒火根本就没有发完，况且小红还没有对自己作出任何的解释，他哪里能允许小红就这么离开，小陈瞪着双眼看着小红大声地喊道："我不准你走！"说着小陈把胳膊伸出来，把守在门口。"我偏要走！"看着小陈毫不相让，小红愤怒地说着，要夺门而出。看小红去意已决，小陈愤怒地说道：

☆小红气得嘴一撇，"哇——"地一声哭了出来。她跑到楼下，把那块花布从泥水里捡起来，哭着跑回了屋。

"好，你要走，以后就别来了！"小红脑海里什么也想不下去了，只是想着能尽快离开，只听她大声地说道："好，放手！放手！放手！"小红还是挣脱出去了。两个人就这样你一句、我一句，话赶话，弄得两人都很生气。看到小红真的走了，小陈感觉天都要塌下来了，明明是她做的事情在前，现在她还觉得自己有理了。小陈觉得真是又生气，又失望，只觉得浑身发颤，两腿无力，一下子伏身倒在了床上。理发师、失业者和卖水果小贩三人下了楼也根本没有敢走远，他们担心小陈，所以就悄悄贴在门外，伸出脑袋，关心地看着小陈的动静。

小红咬着手指，哭丧着脸，从小陈的房里走下楼来。她也是实在没想到小陈对于自己的这块花布反应是这么大。只见她哭着把那块花布从泥水里捡起，止不住地泪如雨下。小红拿着弄脏的花布，索性奔到自己房间里，伏在床上痛哭起来。小云此时正愁容满面地坐在自己房里的梳妆台前，看着自己苍白的脸。忽然听见隔壁房里小红的哭声，小云觉得很奇怪，小红是很少哭的，今天是发生了什么事情呢？小云担心妹妹，没顾得上好好收拾一下，就赶紧走过来，坐在小红的床沿上，双手搂着小红的脖子。小红在姐姐温暖的怀抱里，越发伤心：索性抱着小云大哭起来。小云紧紧地搂着小红，温柔地抚摸着小红的头发。小红越想越生气，觉得无论如何小陈都不能这样对自己，越想越伤心，哭得是一塌糊涂。小云看着伤心的小红，很是心疼。小云也不知道小红这是和小陈之间发生了什么事情，看着小红伤心的样子，现在也没有办法问个明白。

☆小云听到隔壁房里小红的哭声，就走了过来，坐在小红的床沿上，搂着小红，抹去她眼角的泪水，温柔地抚摸着她的头发。

第七章

伤心小陈借酒浇愁

小陈虽然和小红大吵了这一架，但他心里还是不舒服。为了排遣自己心里的忧愁，小陈就和老王一起去喝酒。小陈与老王坐在一家酒店里喝着酒。小陈一副心事重重的样子，喝酒的时候越是有心事，越是容易喝醉。小陈歪戴着帽子，两只醉醺醺的眼睛痴痴地望着前面，真是以酒浇愁愁更愁。只见他喝了一杯又一杯，使劲地拿酒灌着自己，看自己面前的酒已经没有了，还去抢老王面前的酒喝。老王看小陈的样子实在是不能再喝下去了，他就站起来一把抢过小陈面前的酒瓶，劝道："你干什么呀？放下！你不能喝了！"小陈心里难受，想把自己喝醉，那样自己就可以不用想这些烦心事了。他瞪着猩红的双眼，看着老王说道："你别管我，我心里难受，你别管我！"小陈说着，便伸手要和老王抢酒瓶。老王看小陈的手伸过来了，赶紧把自己拿着酒瓶的手缩了回去，还大声地说道："不行。"老王只是攥着酒瓶不放。老王看着小陈借酒浇愁的样子，心疼地说道："你又不会喝酒，你喝得太多啦，小陈！放下，你……"小陈抓住老王的手就是不

放，他使劲地和老王争着，醉醺醺地说道："你别管我，你不喝，你自个儿别喝好了，你别管我！"小陈憋得脸更红了，就是不放手。老王看着小陈，还在耐心地劝道："你看你的脸，你已经醉了！"这时，一只年轻姑娘的手顺着酒楼的扶梯滑下，那手中的歌折子"唰"地一下也顺着扶梯撒下来。这就是小红。她急忙收起歌折子，往楼下座中一望，瞧见小陈与老王正在喝酒，她站在楼梯上不禁呆了。小红知道小陈平常很少喝酒，喝醉更是极少数，现在看到小陈这个样子，小红的心里也不是滋味。

☆小陈与老王坐在一家酒店里喝闷酒。小陈已经喝醉了，但他还是不停地喝，老王抢过他的酒杯劝他不要喝了。

小陈抬头一眼瞥见小红，旧恨未消，正想要向她出气。只见小陈赶紧从兜里掏出来两毛钱拿在手里，将手向她一招，说道："下来！下来！我要你下来唱一个！"老王知道他喝多了酒，又是在气头上，怕闹出什么事，忙去拦阻他。小红本来看到小陈在这儿借酒浇愁，还有点难受，可是看到小陈见到自己还这样对自己，心里又生气了。只见小红憋着一肚子气，嘴一撇，头一扭，回身就上楼去了。

☆这时，小陈一眼瞥见站在楼梯上的小红，十分恼怒。小陈拿出两毛钱，说："我要叫你下来唱一个！"

在楼梯旁的琴师，把这些都看在眼里了。他看到有人掏钱让小红唱歌，自己的生意上门来了，当然是非常高兴了。琴师就是为了赚钱，他哪里知道小陈这是和小

红在闹别扭，就逼着小红为客人唱。只见琴师不高兴地
向小陈瞥了一眼，回过头来瞪着小红生气地说道："小
红，客人叫你，为什么不下来？"小红像没有听见似的，
还是站在楼梯上不下来。小陈看到琴师也在训着小红，
心里总算找到个为自己说话的人，小陈的脾气又来了，
冲着小红大喊道："下来！你不理我们？"小陈气愤地望
着小红说道。"小陈！"老王也很了解小陈此时的心情，
怕的是他在气头上，说出什么不好听的话，因此还未等
小陈把话说完，就拦住他。小陈像对老王生气似的，说
道："我叫她下来，她不下来，应该吗？""小陈！"老王
忙又拦住他。"偏要叫她下来！"小陈从袋里摸出两毛钱

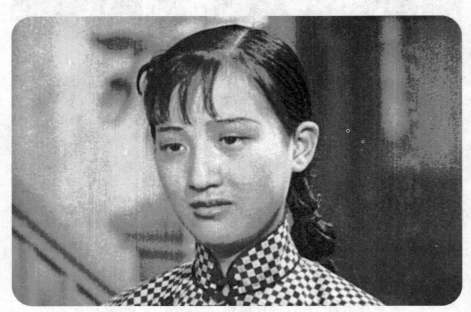

☆琴师为了赚钱，逼着小红为客人唱。小红感觉受到了极大的侮辱，满腹
　怨恨，虽不愿唱但又不得不唱，只好跟着琴声悲戚地唱起了《天涯歌
　女》。

丢在桌上，然后对楼梯上的小红命令道："我要叫你下来唱一个!""小陈!"老王看小陈守着这么多人对小红这样，他也生气了。小红气得瞪眼发呆。琴师见小陈已掏出钱来，只好赔着笑脸一迭连声说："是是是!"转身便对小红呵斥道："小红，客人叫你下来唱一个，你听见没有?""唱一个什么……唱一个《天涯歌女》好吧?"琴师转过脸来，赔着笑脸问小陈。然后，他又沉下脸来叫小红："下来吧，快点!"琴师低着头拉着过门，小红这时像受到了极大的侮辱，满腹怨恨，不愿唱又不得不唱，只好跟着过门，沉重地一步步走下楼来。小红跟着琴声悲戚地唱起了《天涯歌女》。

老王坐在酒桌旁沉思。本来老王还觉得这事是小红的不对，但是看到小陈这样对小红，老王觉得小陈确实有点不应该。现在小红在琴师的逼迫下，终于答应给自己唱了，这下小陈的心里满意了。小陈低着头，听着小红悲悲切切的歌声。今天她的歌声与那天她跟小陈隔窗相对所唱的歌声迥然不同。前些天她的歌声里充满了欢乐和希望，今天她的歌声里却充满了悲痛和辛酸。只听见小红悲悲切切地唱道："天涯呀海角，觅呀觅知音……"老王若有所思地望了小陈一眼，老王觉得这样的小红也是小陈不愿意看到的，小陈没有敢和老王的视线相对，而是赶紧避开老王的视线，似乎被歌声勾起往事，不觉黯然。小红悲切地继续唱道："……小妹妹唱歌郎奏琴，郎呀，咱们俩是一条心……"小红含着眼泪唱着，唱着，她不由得想起那

天在窗边唱《天涯歌女》时，小陈坐在对窗为她伴奏的情景，不觉更加悲伤。歌曲还没有唱完，小红就已经泪流满面，泣不成声了。但是小红还得强忍着把剩下的唱完，只听见小红悲切地继续唱道："……哎呀哎呀，郎呀，咱们俩是一条心。"小陈心乱如麻地听着，他也不由得想起那天小红在窗口唱着，自己坐在窗沿上拉着二胡伴奏的情景。琴师仍低着头在伴奏。小红悲切地继续唱道："家山呀北望，泪呀泪沾襟……"小红不禁泪如雨下。"……小妹妹想郎直到今，郎呀，患难之交恩爱深。"老王在沉思，小陈耷拉着脑袋，听着

☆老王坐在酒桌旁沉思。小陈低着头，听着小红悲悲切切的歌声，听着听着，他再也忍不住内心的痛苦，握紧拳头，猛地向桌面一砸，站起身来，东倒西歪地冲下楼去。

小红悲痛的歌声，几乎要流泪，他们俩那天在窗前一唱一拉的情景还在他的脑海里荡漾。

　　小红含着满眶眼泪，回忆着他们俩在窗前心心相印的情景。小陈伏在桌前沉思，当小红唱到"患难之交……"时，他再也忍不住内心的悲痛，一手捏紧拳头，猛地向桌上一捶，站起身来，将喇叭夹在腋下，东倒西歪地冲下楼去，座上的客人都为之一惊，不知发生了什么事。小红愈加悲痛不已，泪如雨下。琴师莫名其妙地圆瞪着眼睛望着小红生气。老王忙站起来，离开座位，把钱交给琴师，并且解释道："他自己心里难过，不关你们的事，对不起！"然后也跟下楼去了。小红仍止不住满眶里的眼泪，泣不成声。

☆小红含着眼泪唱着，回忆着她与小陈在窗前心心相印的情景，感到更加悲伤。歌还没唱完，小红就已经泪流满面，泣不成声了。

在鸨母房门口，琴师和鸨母奉承地送古成龙下楼梯。这时小红正在楼梯边晒衣裳，古成龙斜睨了小红一眼，便假作不经意地说道："嘿！我刚才忘了跟你们两个说句话。""噢，进来吧！"琴师忙笑脸相邀。古成龙回到鸨母房间里，坐到桌旁。桌上摆着酒壶，酒杯和盘筷之类，还有一瓶子刚开的花。过了一会儿，古成龙仔细地想好了，就厚着脸皮对鸨母笑道："嫂子，有件事情我实在不好意思跟你说。不过，我刚才喝了一点酒，我也不怕丑啦！"小云与小红在窗外注意听着，并向房内观察，这时房内讲些什么已经听不清了。

☆这一天，鸨母和琴师请古成龙来家里吃饭，古成龙掏出一沓钱来，放在鸨母手里说："这件事就托你们办了。"说着，顺手在花瓶里摘了一朵花苞，起身出来。

只见古成龙说着，从兜里掏出一沓钱送给鸨母，并微笑着说道："那是你看得起我，这点先给你买点东西。"古成龙说着，顺手在桌上的花瓶里摘了个花苞嗅着，起身要走。

　　这时小红正躲在鸨母窗外偷听，小云也来了，小红忙做手势向鸨母的房里指点着，叫她也来听，并点点自己的鼻子，意思是他们在说她的事。小云也明白是怎么一回事了。因为古成龙和琴师他们说话的声音不大，小红想听清楚很是困难，但是小红能确定他们说的是自己的事，而且也不是什么好事。

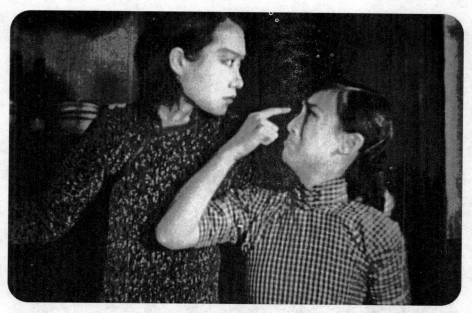

☆小云和小红在窗外偷偷地听着，小红指着自己的鼻子，意思是他们在说她的事。小云也明白是怎么一回事了。

鸨母是个见钱眼开的人，马上给古成龙客气地说道："请坐一会儿！请坐一会儿！"见古成龙给了自己一大沓钱，鸨母心里高兴坏了，见古成龙要走，鸨母忙留他。"别忙！别忙！"琴师也在一旁同时说，并送古成龙出来。"我要上得意楼去一趟，好了，你请进去吧！"古成龙说。"没有什么！"琴师躬身谄媚地说。古成龙走出房来，这时小红和小云已闪到自己房门口，古成龙还是看到了闪到门后的小红和小云。古成龙向她两瞟了一眼，小红避过脸去。古成龙从楼梯上往下走，一边看着小红，一边随手把一朵含苞未放的鲜花一瓣瓣地撕下，仍在地上。

☆古成龙走出房来，向小云和小红瞟了一眼，随手把那一朵含苞未放的鲜花一瓣瓣撕下，扔在地上。

花瓣散落在地上，一双穿着皮鞋的脚在花瓣上践踏而过。在古成龙的心里，小红也将是一朵鲜花，也会被他这样一瓣一瓣地摧残掉。小红看到这些，心里感到无比地害怕。她非常明白，古成龙只是想得到自己，并不是真心喜欢自己。

☆花瓣散落在地上，一双穿着皮鞋的脚在花瓣上践踏而过。在古成龙的心里，小红也将是一朵鲜花，也会被他这样一瓣一瓣地摧残掉。

小云和小红赶紧回到了小红的房间里，小红和小云两人并肩歪在床上说着话，小红非常担忧，满脸愁容地看着姐姐问道："姐姐，怎么办啊？"小云虽然深爱着小陈，痛心小陈的贱视自己，嫉妒小陈与小红相爱，但此时为拯救小红免遭与自己同样的命运，宁愿自己忍受痛

苦，促小红去与小陈和好，以便搭救小红。她望着对面
的窗户，窗帘虽已拉开，却不见人。小红看到小云的神
情，知道她要自己去找他，心里虽已有几分愿意，但少
女的自尊却使她不愿向他有所乞求。小红看着姐姐小云
问道："问他？……我不要，不，不。"小红连连摇着
头。小云还是催着小红去，小云毕竟比小红大几岁，她
心里非常清楚现在只有小陈才能救小红。要不然的话，
在不久的将来，小红一旦跟上古成龙，那么小红的命运
也将和自己的命运差不多。为了不让妹妹小红步自己的
后尘，她必须催着小红去找小陈。小红拗不过姐姐，不

☆小红问小云："姐姐，我该怎么办呢？"小云虽然深爱着小陈，但为了不
让小红遭受与自己同样的命运，她宁愿自己忍受痛苦，建议小红去与小
陈和好。

过主要还是觉得姐姐的建议是对的，如果自己不去找的话，那么自己的命运将不知道会怎么样了。至少小红心里知道，那样她的命运是不好的，所以小红采纳了姐姐的建议。小红只好下了床，但走了几步，又停住了，心里矛盾得很。小红之所以这样，也主要是碍于面子，她觉得这样过去去找小陈自己很没有面子。禁不住小云在后面一再挥手催她去，她望了望小陈的窗户，这才硬着头皮迟迟疑疑地走了出去。小云紧锁着双眉，独自躺在床上。过了一会儿，她下床走到窗前，望着对面的窗户出神。

　　此时的小陈根本不知道小红在对面发生了什么事，由于心情不好，他在家里无聊地待着。老王为了给小陈散心，就拉着小陈在家里玩扑克牌。小红怀着忐忑的心情，局促不安地走上楼梯。因为她不知道小陈会如何对自己，由于之前小陈对自己发那么大的脾气，她对今天之行真的是一点信心都没有。她走到小陈房间的门口，想敲门，手刚伸出去，又缩了回来，最后她鼓足了勇气，敲了一下。小陈一边在玩牌，一边向门口随口骂道："是哪一个王八蛋？"门吱呀地开了，小红低着头，双手不住地揉搓着衣角，可怜巴巴地走进房来。"你？"小陈没料到是小红，一边照样玩着扑克，一边生气地说道，"亏得你还有工夫来看我呢，是不是来向我要那件衣料的？"说着把头一偏，也不理她，还照样玩他的扑克牌。小红一句话也说不出，只是捂着脸哭，双肩不住地抽动着。老王看着过意不去，忙把小陈一推，小陈这才向小红走去。小红见小陈来到了自己的身边，顺势就靠到小陈身旁，一手扶着他的肩膀，捏着拳头，狠狠地捶打着他的胸口，一边捶，一边淌着眼泪，嘴里不住地叫着："我恨你……我恨你……"

☆小红局促不安地来到小陈住的房间，低着头迈进门槛。见到小陈，小红再也忍不住心里的难过，双手捂着脸放声哭了起来。

小陈看她进来的时候，其实心里已有几分软了，只是一时还解脱不开，主要还是碍着自己的面子，说到底，就是小陈的大男子主义在作祟。看小红这么一痛哭，小陈悔恨的感觉开始袭上心头，他一把抓住她的手，眼泪也不禁扑簌簌地落下来。他从小红的泪眼和发颤的语声中深深感受到小红对他的爱，他从心底恨自己，恨自己不该这样对待她，便颤声道："好了，好了，

小红，我对不起你，小红……你原谅我吧!"小红用手
给小陈擦了擦眼泪，自己还是抽抽噎噎地哭个不停。小
陈忙又说："好了，好了，小红，你闭嘴，小红，闭
嘴……小红，我要你闭嘴，小红，我对不起你，谁叫我
不好，谁叫我不好，谁叫我不好……"说着，他就拿着
小红的手打自己的嘴巴，小红心里哪里舍得，忙把手抽
回来。"小红，你不要哭呀! 小红，你不要哭呀!"虽然
小陈叫小红别哭，自己后悔莫及，却也哽咽着。小陈又
一迭连声央求："小红，小红，你应应我……小红，你
不恨我吗?""我不……"小红说了半句，顿在那里，忽
然改口道，"呃，我恨你……要不是姐姐叫我来，我再

☆看到小红痛苦的样子，小陈又悔又恨，他一把将小红搂在怀里，连声说：
"我对不起你，对不起你。"眼泪也禁不住扑簌簌地落下来。

也不来看你啦！"说着，止不住又"哇"的一声痛哭起来。"你姐姐？你姐姐叫你来的吗？"老王听见她提到小云，急忙透过窗帘缝向那边瞧去，小云正站在那边窗口呆呆地沉思着。

第八章

想打官司却没有钱

随后小红就把琴师和古成龙商量的事情，结结巴巴地向小陈诉说起来："呃，那回带我吃东西的那个人，他今天到我们家里来啦。他在妈房间里讲我，我都听见了。我看见他把钱给妈，呃，他们一定是要卖掉我。"

☆小红将鸨母要把她卖给古成龙的事情告诉了小陈和老王，小陈安慰她说："不要急，现在想办法还来得及。"

"给钱?"小陈好像被给了当头一棒。"给钱?"老王几乎同时说。老王听到小红和小陈说了事情的经过，也为他们两人的幸福在担忧。"呃!"小红点头应着。"不要急，小红，现在想办法还来得及呐。"小陈安慰着，并扶她到桌旁，"来，你坐下来，我们来替你想办法好吗?"小红在桌旁坐下，小陈扶着她，说道:"你以后对我好一点吧?"小红点头应诺。"你笑一笑! 你笑一笑!"小陈想逗她乐一乐。小红撒娇地把头一扭，"嗯"了一声，不肯。"你笑一笑!"小陈又央求道。小红还是没笑。"不笑? 好!"小陈只得作罢。

老王跪在床上看壁上的旧报纸，他希望能在墙上的旧报纸上找出一条"生存捷径"。他看到一条消息，连忙叫小陈过来看:"呃，你来瞧!"小陈也上床去看报上的消息，那消息的标题是"鸨母吃官司"，副题是"养女告鸨母，狎客作后盾"。"那我们也可以去告他呀!"小陈看到报纸上说的这个，自己也受到了一点启发，回到自己的床上，坐在床上说道。"就是呀!"老王这时也不看报纸了，坐在床上附和着。"可是打官司怎么打的?"小陈坐在床上，思考了半天，觉得还没有想明白，就抬头看着老王不解地问道。"那我倒不大清楚。"老王看着一脸疑问地小陈，也不解地说道。小陈见老王也没有办法了，就一脸无奈地说道:"那就难了!"老王见想也想不清楚，可能在报纸上能找到解决的办法，只见他又趴在糊报纸的墙上去，两眼在旧报纸上搜索，真是功夫不负有心人，忽然找到一栏律师广告，指着其中一家给小陈看。老王指着报纸上的律师广告对小陈说道："呃，你看！"小陈像是找到了一根救命稻草，救小红的心切，忙对着老王说道："我们现在去找他好不好？"老王见小陈着急，自己也没有什么事，也把自己的身体不舒服给抛到了脑后，就说道："好，我们现在去找他去。"小陈见老王不顾自己的身体不舒服，走近老王，关切地问道："呃，你病好啦？"老王见小陈这么关心自己，心里很是高兴和感激，连忙坚强地说道："这点小毛病要什么紧呢！"小陈见老王已经好了，就对老王说道："好，你陪我一块去好了！""我们这样子，怎么好

☆老王希望在墙上的旧报上找出一条"生存捷径"，果然，这时他看到了一条"鸨母吃官司"的消息，又找到了一栏律师广告，他俩认为请律师打官司是帮助小红的一个好办法。

去呢？"老王一瞧他俩衣冠不整，有些作难地对小陈说道。"不要紧呀，喏，我可以穿上我那件漂亮的衣服，我就说我在海关里做事情呐！噢？"小陈好像挺有阅历地对老王说。"我……"老王看小陈找到了衣服，可是自己却不知如何是好。"你……你？"小陈看出了老王的担心，也挺有主意，忽然他看到床上那毯子，便心生一计，拿起毯子递给老王，"嗨！你就拿这块毯子，做我的包车夫好了，对，就做我的包车夫好了。"小红看到这情景，不由得笑了。老王看见了，忙告诉小陈说："你看她笑啦！笑啦！""啊哟，笑啰，笑啰，笑啰，笑

☆小陈和老王几经周折，终于打听到律师的住址。这天他们来到律师家的楼上，从窗户望见市里的高楼大厦都在他们的脚下，产生了很多很多的感叹和联想，小陈看着外面，不由得说："我们已经站在云头里了！"

啰。"小陈简直乐得跳起来，向小红扑去。"没有，没有，我没有笑。"小红不好意思，连忙用手捂住嘴说道。"你没有笑？……你看看，他像不像我的包车夫呀？"小红只是格格地笑个不停。

　　小陈和老王确定了目标，就赶紧去找了。小陈和老王几经周折，终于打听到律师的住址。小陈穿着乐队服装，衣冠楚楚，老王手提毯子跟在后面，他俩来到律师家的楼上。老王在前走进一面半截门，回头招呼小陈，却不见他的影儿，谁知小陈却从半截门下面钻了进来。这楼很高，好像在云头里，从窗口望见市内高楼大厦伏

☆老王看到律师家里那么豪华，禁不住打趣说："这真是天堂！"小陈说："真是噢！这天堂比我们家热嘛！"说着就将上衣扣子解开，露出了半截衬衫，老王赶紧示意他别露了马脚。

在脚下，产生了很多很多的感叹和联想。小陈看看外面，不由得说道："你瞧，我们已经站在云里头啦！"

"这真是天堂！"老王看到律师家里那么豪华，禁不住打趣地说道。小陈说道："真是噢！天堂比我们家里热嘛！"原来这里是生了暖气的，只是他们俩不知道而已。"呃，热！"老王随口答道。小陈将上衣解开搗着，这一来露了马脚，半截衬衫露出来了，老王忙示意他把上衣掩好。

在律师家的客厅里，这里的一切他们俩都感到很新鲜。这两个人在客厅里东看看西摸摸，这里的一切对他们来说都是陌生的，可又是新鲜的。一会儿，小陈无意触动了墙

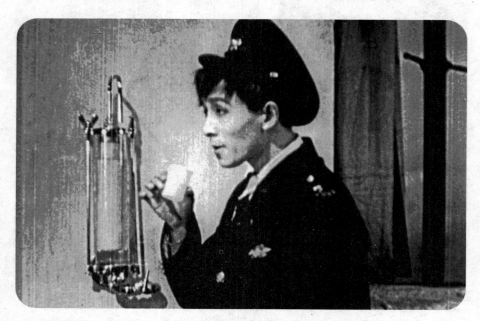

☆在律师家的客厅里，两个人东摸摸西看看。小陈无意中触动了挂在墙上的饮水器，落下一只杯子来，他接了一杯凉开水喝了起来。

上的机关，落下一只杯子来，他便大口地喝起来凉开水。

　　一会儿，老王看到了桌子上的一个小瓶子，觉得很好看，但是又不知道里面装的什么，便拿在了手里，仔细一看，是瓶胶水，于是他就挤了一点，粘着自己的破衣裳。

☆老王拿起桌上的一个小瓶子，仔细一看，是瓶胶水，于是他就挤了一点儿，粘着自己的破衣裳。

　　不一会儿，律师从里屋走出来了，他边走边戴着眼镜，脸上一副了不起的神气，连瞧也没瞧面前这两位客人一眼。他的仆人在旁边报告说："方先生来啦！""请坐！"律师在办公桌后坐下，依然是那副了不起的神气。仆人送上茶来，先递给小陈，小陈指着自己手中的杯子，表示他已经有了，老王忙伸手把茶接了过去。"你们有什么事？"律师看着眼前的这两个陌生人，冷冰冰地问道。"来打官司的。"小陈很紧张地看着律师，吞吞吐吐地说道。老王瞧着不对劲，忙"嘘"了一声，向小陈悄悄耳语道："打官司叫起诉。"小陈听了老王的建议，忙改口对律师又说道："噢！噢！是的，我们是来起诉的。""你们到底是怎么回事？"律师见小陈笨笨地说了又马上改口，看着小陈不耐烦地说道，依然是那一脸阴森森、冷冰冰的神气。"他是我的包车夫，他的……他的家里有一个……"小陈见律师对自己的回答不是很满意，忙胡编乱说，支支吾吾地说不清楚。"不是我家里！"老王见小陈实在是说不清

☆不一会儿，律师从屋里走了出来，他傲慢地对小陈和老王说："照我们这里的规矩，一个钟头的谈话费是五两银子，帮办出庭是一百两银子，我本人出庭是五百两银子。"他的这番话把小陈和老王说得瞠目结舌，进退不得。

楚，忙纠正地说。"噢，噢，对啦，对啦，是他的一个亲戚，他……"小陈见自己又说得不对了，忙又改口说道。"也不是我亲戚！"老王又纠正地说。"那么是什么哟？"小陈不高兴地反问他。他看到老王喝茶烫着嘴，连忙将自己杯里的凉水倒了些到老王的杯里。"是……是邻居。"老王说。律师轻蔑地向他俩瞥了一眼。"很对不起，照我们这儿的规矩，五两银子一个钟头的谈话费，写封律师信是十五两银子，帮办出庭是一百两银子，我本人出庭是五百两银子。我看你们还是回去先斟酌斟酌吧！"他的这番话把小陈和老王说得瞠目结舌，进退不得。律师说完，将钢笔一套，插在口袋里，立起身来，连瞧也不瞧他们两人，就像皇上退朝那样，不可一世地进"内宫"去了。"五百两银子！"小陈气愤地说。"五百两银子是几块钱呐？"老王问。

小陈回到家里，依旧很生气地说道："妈的，打官司还要钱！"小陈气愤未消。"这我倒没有想到。"老王跟在小陈的后面，见小陈还没有消气，忙解释说。的确，这件事倒是完全出于他们的意料之外。自从小陈和老王出去找律师后，小红就一直没有离开小陈家。在小陈家里，小红伏在桌上，很困倦的样子，见小陈回来了，她赶紧站起来打探情况。可是看着小陈生气的样子，就知道这次去找律师肯定是不顺利的。小陈无精打采地坐在桌边，老王还是在看破板壁上糊着的旧报纸。小陈还在想着律师那盛气凌人的样子，他生气地说道：

"五百两银子！妈的，打官司还要钱，我从来没有听说过。"小陈愈想愈气愤。看着小陈生气的样子，小红也很担心，但是她还是不敢多问什么，生怕小陈再气上加气。"那么，怎么办呢？啊？"小红着急地问。小陈不想让小红跟着自己着急，就拍着小红的肩膀劝道："你不要急，我们慢慢想法子好了！"

☆小陈回到家里，还止不住气愤地说："打官司还要钱，我从来没有听说过！"老王还是在看破板壁上糊着的旧报纸。

老王还是在瞧报。老王觉得在报纸上肯定能帮小陈找到解决问题的办法。看着看着，他忽然看见报上有一栏，几个黑体大字"缉拿逃犯"。看了一会儿，老王心里忽然闪现出一个信念，他觉得这个想法肯定对小陈有用。只见老王将"逃"字撕下，递给小陈，说道："呃，

你看这个办法好不好?"小陈一看顿时明白了老王的
意思。

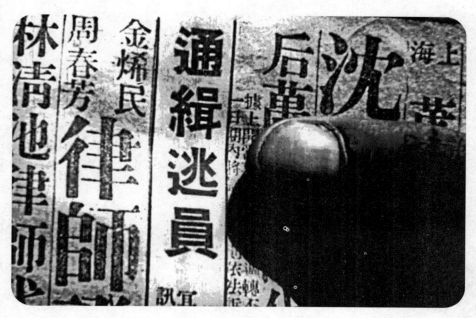

☆忽然,老王说道:"哎,你看这个办法好不好?"老王将"逃"字撕下,
递给了小陈。小陈顿时明白了老王的意思。

第九章 施巧计帮小红逃走

小陈觉得老王的这个想法很好。"小红，来！"小陈忙招呼小红过来，在她耳边嘀咕了一阵。小陈将老王给自己的想法悄悄地告诉了小红，小红有些害怕，毕竟她是一个女孩子。小红听了小陈的建议，头摇得像个拨浪

☆小陈将想法悄悄地告诉了小红，小红有些害怕，摇着头说："不，这个办法不好！"小陈鼓励她说："有兄弟们帮忙，你放心好了。"

鼓似的看着小陈说道:"嗯,不,这个办法不好!"小红这时还没有胆量,不敢这么干。"傻丫头,有我们,你还怕什么呢?"小陈见小红有些害怕,满有信心地鼓励她说。"我们还有许多弟兄帮忙呐!"老王也在一旁给小红鼓励地插上一句。"对了,我们还有好多把兄弟呐。快快,你先回去吧,待会,我们搭上'桥',再把你接过来。"小陈安慰小红说,接着又催她,"回去呀!""不好,这办法不好!"小红还是害怕。"你放心好了,你回去吧,有什么事情,我们可以找把兄弟来帮忙,把兄弟一定会帮忙的。"小陈极力说服小红。

小红心里还是犹豫不定,她总觉得这样做不是很保

☆小陈送小红回了家,便兴奋地取下小号,走到窗口对着外面吹起来。老王在窗边抱住他的腿,生怕他摔下去。

险。小陈送她出房门，下楼的时候，还在不断悄声说服
她，小红怕夜深了，惊动别人，忙"嘘"了一声，小陈
才不说话了。看着小红进了屋，小陈才转过身来，关上
门，小陈自言自语地轻轻说："她和我一起……"他简
直兴奋得无法控制自己，像发疯似的腾空一跳，抓住一
根屋梁，就当成"杠子"翻起来，一直到翻落在床上。
他躺在床上，想着幸福的未来，自语道："逃！她跟我
一块住！"他越想越兴奋，呼地爬起身，取下壁上的喇
叭，走到窗口对着外面吹着。老王在窗边抱住他的腿，
怕他掉下去。这时，理发师正在剃头铺里磨刀，一听见

☆听到号声，理发师、失业者和小贩匆匆赶来。老王把窗帘拉上，小陈戴
　上西乐队的"元帅"帽，像放电影似的，窗户上出现一人号召，无数人
　响应的画面。

小陈的喇叭声，提着剃头刀就赶过来了。卖水果小贩也听到喇叭声了，也连忙赶来。失业者正在荐头店里打瞌睡，一听见喇叭声，也急急赶来。

理发师、失业者、小贩三个人会师了。理发师走在头里，失业者第二，小贩第三，像一支"队伍"。这时小陈正在楼上把圆凳当"军鼓"，敲着进军鼓点，三个人按着鼓点的拍子，整齐地走上楼来。他们进了小陈的房间，站成横队，立正接受着检阅，理发师在头里举着把剃头刀，像举着指挥刀。三个人向小陈行注目礼，小陈戴着军乐队用的"元帅"帽，站在队前，翻着白眼珠答礼。老王站在一旁，透过壁缝望着对面的窗口，一会儿把窗帘拉上。

小红也被小陈这边的声势惊动了，坐在窗口眼巴巴地望着对面。于是，在小陈的窗帘上能够看到里面像放电影似的，出现了一个大元帅的半身影子，他把手一伸，作号召状，另一边有无数人影举手响应。小红看到这"雄伟"的场面，一时感到仿佛有无限的力量，刚才的害怕不觉消失了。这时小云一声不响地走到窗前来，小红高兴得禁不住抱着小云跳起来。

当晚，小红把要逃走的事情告诉了小云，小云亲密地拉着小红的手，来到自己的屋里，打开箱子，要送几件衣服给小红。小红对姐姐依依不舍。

小红想到要和小云分别，心情十分难受，几乎要哭出声来。小云忙捂住她的嘴，悄声劝道："不要哭，你好好跟他们去吧，他们都是好人，不会欺侮你的。""那

☆小红也被这边的声势惊动了，站在窗口瞪着眼睛望着对面，看到这"宏伟"的场面，也备受鼓舞，刚才的害怕不知不觉消失了。

☆当晚，小红把要逃走的事情告诉了小云，小云深情地拉着小红的手，来到自己屋里，打开箱子，想送几件衣服给小红。小红对姐姐依依不舍。

么，你呢，姐姐？"小红很担心自己走了以后，姐姐怎么办，望着姐姐担心地问道。小云一时愣在了那里，她心想："我？他们都讨厌我，都看不起我，我知道。"小红不想姐姐继续留在这火坑里，她抬起头看着姐姐，说道："你也一块儿走了吧，好不好？"小红想劝她逃出火坑。小云听到小红这么劝自己，她坚定地说道："不！"小云主意已定，任凭妹妹小红怎么劝她，也改变不了她的想法，最后小红索性就不再劝了。小云从箱子里拿出一包东西送给小红，小红又不免伤心起来。小云又捂住她的嘴叫她不要声张，然后送她出去。小云担心小红要是哭出声来，被琴师和鸨母听到了，对他们的顺利逃走

☆小红想到要和小云分别，伤心地哭了。小云劝道："你好好跟他们去吧，他们都是好人，不会欺负你的。"小红劝小云和他们一起走，小云说："不！"

会有麻烦的。

　　当天晚上，小陈和小红在理发师、失业者和小贩的帮助下，顺利地逃走了。第二天凌晨，小红和小陈的房间人去楼空，小红只留下了古成龙送的那截花布，花布被扔在桌上，房间里弄得乱七八糟。小云独自倚着门，痴痴地望着对楼小陈的家，心里十分难过。

☆次日凌晨，小红和小陈的房间人去楼空。小云来到小陈的房间，呆呆地望着凌乱的屋子，心里十分难过。

　　小云走过鸨母窗外，听见琴师和鸨母在屋里斗嘴，就乘机下楼上小陈家去。"你整天在外头打牌，倒还来怪我，家里的事难道还要我们男人来管吗？"琴师说。"说得这么像样，有志气，也不会拉一辈子的弦子。"鸨母气势汹汹地反驳道，"我打牌，我是打自己的钱呐，

你管得着？那个小的跟着你学唱，跟着你跑馆子，本来是应该你管的，你……""好了，好了，空话不必说啦！"琴师忙打了退堂鼓，他走进小红的房间里，搜索着什么，把那两截花布拿起来一看，气得扔在一边，走到窗口一看，发现小云到小陈家去了。小陈家的房东太太抱着宝宝，领着小云上楼，走进小陈的房间里，一边说："你是不是想搬过来，我们这里比你们那里好得多，是朝南的，房间也大。"小云一语不发，只是看着这空空的房间。"真奇怪，那两个鬼忽然昨天晚上偷偷搬掉了，真没良心！那个吹喇叭的倒是个好人呐！"房东太太自言自语地说。小云听她在骂小陈没良心，不觉瞟了

☆见小红逃走，琴师和鸨母吵了起来。琴师说："你去盘问小云，她一定知道。不然她跑到对面的屋子里干什么？"

她一眼，明白了房东太太也是喜欢小陈的。鸨母一边点香，一边与琴师在商量，她说："哪一个吹喇叭的？我从来没有看见过。""你别管，你盘问小云，她一定知道，不然，她跑到对面屋子里干什么？你盘问她，事情准不会错。"琴师一口咬住小云。鸨母且不答话，把三支香插在神像前的香炉里，一副颇为虔诚的样子，然后回头对琴师说："那么你……"

这时小云偷偷地上楼走过门外，被鸨母一眼瞥见了，马上变成凶神恶煞似的，脸色铁青，圆瞪着两眼，咬牙切齿地说："贱东西，难怪你……"小云知道大难临头，连头也不敢抬，就向自己房里走去，只

☆鸨母看见小云从门口走过，立即叫住了小云，凶神恶煞一般地对小云吼道："贱东西，难怪你……"小云对鸨母置之不理。

听一声大吼："站住！上哪儿去？进来！"小云无奈，只好一声不响地硬着头皮走进来。琴师巴不得借故避开，忙对鸨母说："我去找老古去啦？"他走过小云身旁，还偷偷用手指着她的背，意思是告诉鸨母找小云不会错，然后溜了出去。"把门关上！"鸨母命令小云。小云只得把门关上。鸨母又说："过来！"小云只好走过来。

"你不老实说，我今天就打死你。把衣服通通脱掉。"鸨母将鸡毛挥子往桌上叭地一抽，像个夜母叉似的威胁着。小云站着不动，鸨母大发雷霆吼道："听见没有，把衣服通通脱掉，快一点！"

☆鸨母抄起桌上的鸡毛掸子，大发雷霆："小红到哪里去了？你不老实说我今天就打死你！"

在澡堂里，跟随古成龙的那个"寄生虫"脱光了衣服，腰间只围了条大澡巾，正准备洗澡。正在这时，他问古成龙道："老古，是吃了点心洗澡呢，还是洗了再吃呢？""你的肚子又饿啦？"古成龙在床上养神。"寄生虫"只是咧着嘴："嘿！嘿！"琴师从外面跑进澡堂里来，问茶房："古先生在不在？""在，在，刚来。"茶房告诉他。

琴师向里边走去，找到了古成龙，如释重负，隔着老远地就说："古先生呢？噢，在这儿呐！我到处都找过你啦，真是要命呀！"说着，他跑到古成龙跟前，气急败坏地说道："我们家里出了件大事，我们那个小姑娘小红，突然在昨天晚上逃跑啦！""逃跑啦？"听闻此言，古成龙大吃一惊。

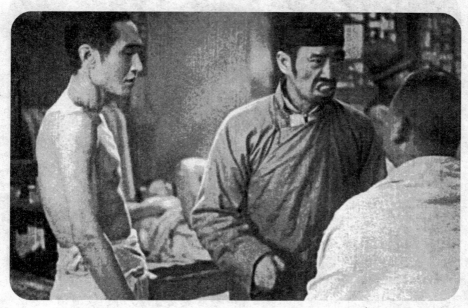

☆古成龙正在澡堂里洗澡，琴师跑进来气急败坏地说："古先生，我们家那个小姑娘小红突然在昨天晚上逃跑啦！""逃跑啦？"古成龙大吃一惊。

　　小巷一角，在小陈与小红的新居中，理发师已替小红剪去辫子，用火钳给小红烫头发，大概烧着她的头了，她"唉哟"了一声。理发师又忙着到炉子上去换一把钳子。炉子边，失业者在炒菜。老王在用旧报纸糊新房。小红忍耐不住了，问理发师："好了吗？""就好了！就好了！""算了吧，人家闷死啦！""很快就成啦！"小陈拿了一段古成龙曾经为小红买过的那样的新花布，藏在身后，走到小红跟前，说道："小红，你看我给你买了什么东西，你一定喜欢的，瞧！"他一下子把花布拿了出来。"给我！"小红乐得跟什么似的，"你什么时候买的，怎么不告诉我？"小陈只是微笑着不答。小贩看

☆在小陈和小红的新居里，小陈拿着一块古成龙曾经为小红买过的那样的新花布给小红看，小红高兴地在身上比量起来。

见小陈送给小红一块新花布，自己也想送点什么，就想问老王，只见老王还在壁旁弄那些破报纸，他一边削着苹果，一边对老王说："老王，你老是糊报纸干什么呀？""这破墙我看着难过。"老王说。"哎，你说，我们送点什么给小红呢？"

"我想，我送一把梳子给她。"理发师插上一句。"我们呐？"小贩又问老王。"这我倒没有想过。"老王说。理发师走过去，将那把破梳子送给小红，说道："小红，我送你一把梳子。""我不要这破梳子。"小红说。

☆理发师走到小红身旁，将那把断齿梳子送给小红，小红说："我不要你这破梳子。"

小陈一眼望见理发师耳朵上的环子，便对他说："哎，把你的耳环子送给她好了！""行！"理发师笑着回答，立刻把耳环取下，递给小陈。小陈接过耳环，小红在一旁说道："我也不要他这耳环。"小陈忙说道："哎，不是给你做耳环。手拿来！"小红伸出手来，小陈将耳环给她戴在手指上，说道："这是我们订婚的戒指，嘻嘻！"小陈乐得手舞足蹈，向大家嚷嚷道："嘿嘿！瞧订婚戒指！哎，快把喜酒摆上来！快！"

☆小陈一眼看见理发师耳朵上的环子，便对他说："哎，把你的耳环子送给她好啦！"理发师取下耳环子递给小陈，小陈将耳环戴在小红的手指上，说："这是我们的订婚戒指！"

  婚礼的酒席很快就摆设好了。小陈与小红这一对坐在一起，小陈兴致勃勃地将筷子敲着桌子，然后又敲小贩的脑袋，催小贩喝酒："哎，没完，怎么不喝完呢？喝下去！喝下去！"小陈又催理发师喝酒，理发师干了

一整杯。小陈对小红说："小红，你多喝点儿，来！"说着，他举杯要她喝。"嗯，我头晕了！"小红不肯。"哎哎，不在乎。"小陈对小红说，然后又问大家："谁给小红喝？谁给小红喝？"小陈的视线落在了老王的身上，对他说："哎，老王跟小红喝一杯，好吧？"老王正在发呆，他成全了小陈与小红，自己却看不见小云了。小陈马上问："怎么了，老王？怎么老是这样不说话？""我喝得很多了！"老王说。"对了，今天老王挺高兴的，他从来不喝这么多的酒的。今天他喝的最多了。"理发师不了解他的心思，还以为老王是高兴才多喝了酒，然后

☆订婚酒席很快就安排好了，小陈和小红坐在一起，几个兄弟分坐两旁，简单的酒菜，掩不住欢乐的气氛。只是老王有些闷闷不乐，他成全了小陈和小红，却看不见小云了。

对大家说："哎，我们大家来高兴一下吧！""啊，这，
这……"失业者心里也很高兴，可就是支支吾吾地说不
清楚。"哎，好了！不会说话，就不要说。"小陈很不耐
烦地制止了他。"不，不要阻止他，今天大家很高兴的，
就让他说完一句话吧！"小贩的话说得很公正。失业者
无限感激地向小贩望了一眼，说道："嘿嘿，小……
小……红，唱……唱个歌。""哎呀，你活了一辈子，只
有今天这句话说得还对。"小陈很赞赏失业者这句话，
也是第一次让他说完一句话，接着他撺掇着小红说：
"行，唱，唱，唱唱！""不，我头晕，不要唱。"小红推
托说。"不，非叫你唱个不可，我去拿弦子。"小陈说
着，就要去拿弦子。

☆为了调节气氛，小陈给大家变了个戏法，装作把一枚洋钱塞进眼睛里，
又从嘴里吐出来。大家都不知道这是什么戏法。

　　小红忙拦住他，提了个条件："慢，你变个戏法给我看，我才唱。""哎哎，好好好！"小贩满口赞成。"变就变，变就变。"小陈同意了，他马上离座起身，并且煞有介事地嚷着："好，让开！让开！"小陈右手捏着左手的大拇指，拉呀，拉呀，那大拇指伸长了，几乎与食指、中指和无名指都一样长了。他自己炫耀道："这是硬功，不是软功。"接着他说，"哎，现在还有一套。"他从口袋里掏出两毛钱的银角子，一边比划，一边说着："从这个眼睛进去……现在——进去！"他把那银角子往眼睛里一按说。"哎，这是硬功，还是软功呀？"小贩稀奇地问道。理发师"嘘"了两声，要他别打搅。

☆老王马上说："我知道，这叫'白银出口'，昨天报纸上有的！"他立即找出了那张报纸，只见上面大字标题："本月份巨量白银出口"。

"这叫做飞去白银！"小陈振振有词地说。理发师、失业者和小贩都惊奇地望着小陈变戏法。"再变出来！再变出来！"大家要求着。小陈用手把脑袋一拍，银角子从口里吐了出来。"这叫什么？""这叫做白银……"小贩结结巴巴地说。

"我知道，我知道昨天报上有的。"老王抢着说，他马上走到墙边，去找那张报纸，只见那报上有一条消息，巨大的黑体字标题是："本月份巨量白银出口！"老王指着报纸，对大家说道："叫'白银出口'！"

第十章

老王和小云终相爱

老王在街头叫喊着卖报："白银出口，哎，看《新闻报》《老申报》，哎，《看新闻报》《大公报》，《大公报》。哎，看《新闻报》《老申报》《大公报》，哎，看新闻报、老申报，大公报，大公报、哎，看……"一家大

☆老王继续在街头卖报。许多商店挂出了大减价的旗子。市场一片混乱，经济萧条。

商店为了挽救不景气的景象，挂了大减价的旗子，雇了西乐队在楼上吹吹打打，小陈也在那里吹喇叭。这个场面与老王在街头大声叫卖"白银出口"的报纸的场面交织在了一起，暗示出由于白银出口，纸币失去信用，市场混乱了。

在理发店里，座上无客，生意清淡，理发师们都躺在椅子上睡大觉，与小陈拜把的那个理发师在大镜前给自己刮胡子。老板坐在里边的椅子上，愁眉苦脸，无聊地吸着水烟，他对师傅们说："我没有生意，有什么办法呢？""你没有生意我们不管，你欠我们的钱应当给我们。"理发师们气冲冲地说。

☆理发店里，座上无客，生意清淡。老板愁眉苦脸，无聊地吸着水烟。伙计们都打着盹，小陈的把兄弟理发师在大镜子前为自己刮胡子。

夜晚，小巷一角。老王与小云在屋檐下窃窃私语，老王劝她道："我们也不多你这么一个人吃饭，小红也常常惦记着你，你为什么不逃出来呢？我看你也逃出来吧。"小云还是那样痴痴的，一言不发。"我真不懂你是什么意思。"由于老王对小云的生活与命运异常关心，因而对她这种不冷不热的态度发出埋怨之声。

☆夜晚，雨下得很大。老王找到小云，劝她说："我们也不多你这么一个人吃饭，小红也常常惦记你，你为什么不逃出来呢？"

两人沉默了一会儿，老王见小云依然无动于衷，只好带着失望的心情，一声不响地冒雨回家。小云等老王走后，拖着沉重的步子，冒雨顺着老王的去向走去。她走到小陈家楼窗对面的屋檐下，望着楼上，幻想出玻璃窗上有两个人影，像是小红和小陈在窗前说着话。她痴

痴地望了许久，才冒着雨往回走去。前面有个警察走了
过来，用手电筒照着，像在搜索什么，忽然照着了小
云。小云有些害怕，回身就跑。

☆小云一句话也不说，老王只好拖着沉重的步子冒雨回家了。前面来了个
警察，怕是来抓私娼的，小云只好跟着老王来到了小陈家。

在小陈他们家里的桌上放着一盏马灯，老王在灯下
无聊地玩着扑克牌。小陈在桌子另一边给小红讲故事，
他正讲得入神："到了夜里，静得一点声音都没有，只
听得风在窗子外边这样呼呼地刮着，屋子里的灯吹得一
跳一跳的，就在这个时候，那个鬼下楼来了……""哎
呀！哎呀！"小红有些胆怯起来。小陈还是神气活现地
讲下去："只听得楼梯口，咚，咚，咚……"这时从门
外楼梯口真的传来了脚步声，小陈忙说："听！"小红被

吓得禁不住叫了起来。忽然，一个蓬头散发的女人推门
进来，随手将门掩上，她全身无力地靠在门上。小红认
清了是小云，但对她的行动有些摸不着头脑，忙问：
"姐姐，是，是他们叫你来的吗？"

☆小红见小云来了，虽然很高兴，但也有些害怕，忙问道："姐姐，是他们
叫你来的吗？"小陈也责怪老王，不该让小云知道这个地址。

　　小云将钱袋往桌上一扔，一歪身坐在桌旁的凳上，
低着头不答话，像喝醉了酒似的，半晌，拿起桌上的一
杯水要喝。小红拦住她道："姐姐，这是冷的。"她倒了
一杯开水，递给小云，想不到小陈满面怒容，"嚯"地
一下抢过小红手中的杯子，哗啦一声，将杯子砸了个粉
碎。老王早就站了起来，见到小陈这股神气，忙低声
说："小陈，难道你……"小陈看小云是个下流的贱女

人，吐了口唾沫，很看不起她地说："不管什么原因，她总不应该半夜三更偷偷地跑到这儿来，她不应该偷偷地打听我们住的地方。她怎么会知道我们住的地方的？谁告诉她的？一定是你告诉她的。"

☆小云一歪身坐在桌旁的凳子上，拿起桌上的杯子要喝水。小红倒了开水递给小云，想不到小陈满脸怒容，一把抢过小红手中的杯子，摔在地上。

正在这时候，忽听得几声打门声，接着，门开处，走进来一个警察。小云吓得浑身都在哆嗦，禁不住往里缩，小红马上一把紧紧地搂住她。警察向屋里的人打着官腔："这个女人是不是住在这儿的？这个女人是不是住在这儿的？"老王急忙挺身出来拯救小云，但在凶恶的警察面前不免有些胆怯，他支支吾吾地回答道："是……是的。"警察把眼睛向他一横，说道："不是问

你。"然后命令小陈:"你说。"小红、小云和老王都被
这突然的询问弄得惊惶失色。大家都紧张地看着小陈。
半晌,小陈望了小云一眼,低声镇静地说:"是的。"警
察向大家扫了一眼,才无可奈何地走了。

☆正在这个时候,一个警察走进来。冲着小陈问:"这个女人是住在这儿
吗?"老王说:"是的。"警察问小陈,小陈看了小云一眼,犹犹豫豫低声
说:"是的。"警察无可奈何地走了。

　　　小云住下来了。第二天,小红在镜前穿着一件新花
衣,是小陈送给她的衣料做的。小云在旁边端详着她,
给她扣扣。小红穿好后,对小云说:"姐姐,我去煮饭
去好不好?他们一定就要回来了!"小红独自扶着小梯,
下了阁楼,准备煮饭,正碰上老王挟着一叠报纸回来,
扶着扶梯要上阁楼去。她问老王道:"咦,你先回来了

吗?"说着,她兴高采烈地走过去,将身子向他一亮,说道:"你瞧,我的新衣裳做好了!""嗯,好看!很好看!"老王只是随口敷衍,他一心惦念着小云,连忙扶着梯子要上阁楼去。"什么,你想要上去吗?"小红狡黠地问。老王怕她窥透他内心的秘密,忙支吾地说:"噢,那个板壁坏了,我想拿报纸糊一糊。哎,浆糊有吗?""有的。"小红把浆糊递给老王。老王接过浆糊,上到阁楼上面,在阁楼外的破板上敷衍地粘上一张报纸,就进到里面,走到小云跟前,把药递给她,亲切地说道:"我给你买了瓶药,从今以后,你不要再过以前那样的生活了。"阁楼下。小红拿着茶壶和杯子要上阁楼,听见楼上窃窃私语,便微微一笑,停了脚步。这时,小陈夹着喇叭,从外边进来。"小红!"小红忙"嘘"了一声忙摆手叫他不要声张,用手指阁楼。小陈会意,也微微一笑。他走到小红的身旁,想亲小红的嘴,被她娇嗔地推开了,他无计可施。只见小红手拿着个玻璃杯,另一手的中指压在杯上,就像小陈以前玩木棒那样,小红悄声得意地说:"我也会了!"小陈灵机一动,计上心来,悄声对小红说:"哎,我最近学了一套戏法,变给你看好吧?"他叫小红靠在壁上,把她的两手平平伸直,然后把两个玻璃杯子靠在壁上,叫她分别用手背贴着不让杯子落地,一面说:"这个杯里是一杯红的酒,这个杯里搁一杯白的酒……"正好这时,房东太太撞了进来,问道:"你的房钱怎么样啊?"小陈从身上掏出一块洋钱,递给房东太太说:"噢,对了,我身上还有一块钱,

先拿去吧！""一块钱怎么够啊？"房东太太接了钱说。"不够，我明天再给你好了！"小陈大方地说。"好吧！"房东太太只好带上门出去了，忽然她推开门，奇怪地望着小红的姿态，只见小红两只手腕贴在墙上，绕来绕去，不知闹的什么把戏，只好又带上门走了。房东从外面进屋来，劈头就问太太："房钱收了没有？""喏！给了一块了。"房东太太递给他一块洋钱。"你拿了干什么？洋钱现在不好用了！"房东说。"洋钱不好用？笑话！洋钱不好用，用什么呢？"房东太太说。"你不懂，从今天起，谁用洋钱就得吃官司了！""吃官司？"房东太太惊奇地说。"拿来我去换。"房东从太太手里接过那块洋钱就走。

房东走来找小陈："陈先生，这块洋钱给我换张票子好不好？"为什么？洋钱是铜的吗？"小陈问。"不，洋钱现在不好用了，你不知道吗？"房东解释着。"不好用？说笑话了，那你还我吧。"房东问道："你有票子吗？""没有！""好吧！"房东只好收下，刚走出去。忽然推门伸头进来好奇地瞧着小红那副姿态，只见她两只手腕绕来绕去，不知搞些什么玩艺。刚带上门，又推开门瞧了一眼，才关门走了。小红好像钉在十字架上似的，她那两只手既拿不到杯子，又不能离开杯子，否则杯子就要落地打碎，她只好悄悄地叫唤着："嗨！嗨！"小陈却故意坐在一旁看报，纹丝不动，毫不理睬。小红的两只手腕又绕了几下，叫道："放了我吧，我动也不好动，我还要做饭去呢！""不要紧的，

我会在这杯子里变出饭来。"小陈一边说，一边走拢来，就亲小红的嘴，小红想摆脱，两手一缩，两只杯子掉在地上砸了个粉碎。

☆小云住下来了。第二天，老王卖报回来，来到小云住的阁楼上，掏出一瓶药递给她说："我给你买了药了，从今以后，你不要再过以前那样的生活了。"

　　小云那颗麻木冷漠的心被老王的情意感化了，她接受了老王的爱情。当小陈和小红在楼下闹腾的时候，老王与小云也在阁楼里甜蜜地接吻。

　　听到楼下的响声，两人都吃了一惊。老王起身走到阁楼口，见小陈与小红拥抱着，正在甜蜜地接吻。老王顺手从身旁捡了点东西砸下去，"哗啦"一声，这才伸出身子来问："什么东西响啊？"小陈与小红慌忙分开。

☆小云那颗麻木冷漠的心被老王的情意感化了，她接受了老王的爱
　情，与老王甜蜜地亲吻着。

☆这时，小陈从外边走进来，小红示意他不要声张。小陈走到小红
　身旁，拥抱着小红，二人接起吻来。

小陈答非所问地说道："嗯，嗯，是，是那个房东，嗯，他说，他说，洋钱不好用。""噢，是洋钱不好用。"老王站在阁楼口说。"嗯，洋钱……"小陈支吾地说，他脑子一转，忽然问老王道："咦，你怎么会到阁楼上去的？你什么时候回来的，啊？""我，我……"老王也支支吾吾答非所问地说，"洋钱是不好用了，今天报上有的。"他一边说一边指着刚才糊上的报，报纸上印着一条国民党政府的"法令"，把纸币称为"国币"，禁用银洋，违者犯法。

第十一章

小云为救妹妹遇难

太平里门楼在粉刷，一把刷子在"太平"二字上粉刷。理发店老板一见就知道这样粉刷一下，又要加房钱了，忿忿地说："他妈的，又要加房钱了！"这话正被收房钱的人听见了，他问旁边的人："这是谁呀？""这是

☆太平里的门楼上面，一个人正在粉刷"太平"二字。人们都知道，这是又要涨房租了。

隔壁剃头店的老板。"有人告诉他。"我正要找他呢!"那个收房钱的说。他走到理发店老板跟前,问道:"你们的房钱怎么样了?打算付不付呀?""你是谁呀?"理发店老板问道。"我是经租账房。"那人答道。"从前不是你来的。"老板说。

收房钱的人看着理发店的老板说道:"现在又改租了,以后就由我收。新房东关照了,叫你把欠的三个月的房钱,在三天以内付清。不然的话呀,就请你们搬家。""三天以内!"老板惊骇地说。

☆果然,收房钱的人找到理发店老板,叫他把所欠的三个月的房钱在三天之内付清,还说:"不然的话,就请你们搬家。"

理发店老板气冲冲地走进店里,骂道:"他妈的!"
这时几个理发师正坐在座上发闷,只有小陈那个拜把兄弟理发师在给一个小姑娘理发。他问老板："老板，怎么又发火了？""好了，你们赶快到别的地方去找生意吧，我这儿要关店了！"老板的心里窝着火。"关店？"理发师问。"对，关店。"老板答道。

☆理发店老板气冲冲地回到店里，对伙计们说："你们赶快到别的地方找生意去吧，我这儿要关店了。"理发师等几个伙计都愣住了："关店？""对，关店！"

在小陈他们家里。老王坐在床上缝补衣裳，小陈在擦喇叭，小红和小云在里边做饭，理发师靠在门旁，哭丧着脸。"关店？"老王问理发师。"关店？"小陈几乎也同时问道。"哎！关店！"理发师伤心得几乎要哭起来。小红捧了碗饭走过来，递给理发师，劝道："不要，不要哭啊！"老王也想要说什么，站了起来，却不知说什么好。

☆理发师来到小陈他们家里，向大家说了要关店的事，禁不住伤心地哭了起来。小红端着一碗饭走过来，劝道："不要哭，不要哭啊！"

　　小陈人灵巧，办法多，他走过来，看见自己的喇叭，忽然灵机一动，想出一个主意，便将那张圆凳抛给老王，老王接住凳，不知他要干什么。这时，小陈对大家说："嗯，来呀，不要哭，我有办法使你们老板不关店。"他对理发师和老王说："你们两人跟我去！"

　　在理发店里，老王蹲在窗户下，把那张圆凳当鼓敲着，小陈穿着乐队服装，站在窗户旁的一张凳子上，向窗外吹奏着喇叭，吸引了不少人前来观望。

　　理发师们都拥在门外兜揽生意，小陈拜把兄弟那个理发师站在前面大声吆喝，同时做着手势："喂！快些

☆ 还是小陈机灵，办法多。他看着自己的小号，又拿起那张破圆凳，想出来一个主意，对理发师说："我有办法使你们老板不关店。"

☆ 在理发店，小陈穿上西乐队制服，站在窗户上吹起小号，老王则蹲在窗户里面敲着那张破圆凳，吸引了不少人前来观望。

来呀！这里大减价！喂！快呀！快些来呀！这里大减价！喂！……"这时店外围了好些人来看热闹。

☆理发师等几个伙计站在理发店门口，大声喊着："喂！快进来呀，这里大减价，剃两个头，付一个头的钱……"

琴师坐着人力车从街那头过来，瞧见理发店窗户上的小陈，忙下车来，躲在一旁偷看。"喂！快些来呀！这里大减价！喂！快呀！快些来呀！这里大减价！喂！剃两个头，付一个头的钱……"

这时，一个和尚从人群中挤过来看热闹，人们瞧见这个光头，都不禁哄然大笑。理发师吆喝了半天，还未开市，如今却来了个和尚，真是哭笑不得。小陈一瞧，也像泄了气的皮球似的。老王停住敲鼓，从窗底下伸出半截身子来探望，两个人不由得长叹了一口气，丧气地

靠在窗沿上。这时，要房钱的从人群中挤了过来。理发师瞧见一个满脸胡子的来了，难得送上门来的买卖，连忙高声叫嚷起来："喂喂！一个有毛的来了！"理发师殷勤地为这位"有毛的人"开道，向周围的人吆喝着："好好！让开！让开！"一边嚷，一边便死拉活扯地把他拖进去，口里还不住声地说："喂！请请，里面坐！里面坐！"要房钱的不由自主被一拥而进。他挣扎着怒气冲冲地喊："我不是来剃头的！""哎，这里大减价。"众理发师们说着，就像杀猪似的七手八脚把他按倒在椅上，凭他怎么挣扎也无法脱身。要房钱的气急败坏地喊道："我不是来剃头的，我是来要账的。"好容易才揽上这么一回生意，理发师们哪肯放手，只顾将粘满肥皂沫的牙刷在那人嘴上乱刷，并不理会他说些什么。大概肥皂沫刷进那人的嘴里和鼻孔里去了，他不断发出猪一样的哼声。小陈坐在窗下看到这种有趣的情景，笑着对老王说："看他们剃头的样子，真像杀猪啊！"老王也觉得挺有意思，只是嘻嘻地笑着。理发师们不由分说，七手八脚地给那人剃头，东一刀，西一刀，乱成一片。那人在椅上还拼命挣扎，嘴里不住地骂道："混蛋！混蛋！"这时，老板捧着水烟袋从里屋赶出来，一看是那个收房钱的，责怪地望了望周围的理发师们，忙把他扶起来，只见他头上还残留着三撮头发，真是人不像人，鬼不像鬼。他恼羞成怒，顺手拿起东西就向店里各处乱砸。老板捧着水烟袋一溜烟跑了，小陈夹起喇叭也往外跑，到了店门口，一见店里的东西被砸得粉碎，他的把兄弟理发师还在里面躲躲闪闪。小陈连忙跑进店里一把把他拉出店来。一看老王不见了，小陈又想进去找老王，老王却抱着那张圆凳从店里奔了出来。三人一起向小陈他们的新居奔去。躲在街旁的琴师连忙偷偷跟在后面，想乘此机会找到他们"藏娇"的"金屋"。

☆这时，琴师正从这里经过，瞧见理发店窗户上的小陈，马上躲在一旁偷看。等小陈老王他们走时，琴师又偷偷地跟在后边，窥见了他们住的地方。

　　小陈和老王为理发店和自己的把兄弟白忙了一气，理发店还是免不了倒闭。现在的店门上已经贴了封条。小陈理发师的把兄弟生活无着，只好摆个剃头担子，现在他正在理发店隔壁的当铺面前给人洗头，洗头的抬起头来，我们才看到原来是失业者——理发师的把兄弟，并不是付钱的主顾。在剃头担子后面粉白的大墙上，有个庞大的墨黑的"当"字，这个不祥的大字好像在威胁着这些底层的劳苦人们。在澡堂里，古成龙躺在睡椅上，茶房在给他按摩，琴师对跟着古成龙的"寄生虫"老陈说："那个吹喇叭的住的地方，我已经找到了！""嗯！那么你有没有看见那个女孩子在里面哪？""寄生虫"老陈问。"嗯，看是没有看见，但是，总不会错。天下有这样巧的事吗？那个女孩子不见的那一天，那个小鬼呀，也搬走了！"琴师说。"对！"老陈附和着。"而且，我早看见那个小鬼和小红，有点鬼头鬼脑的样子。"

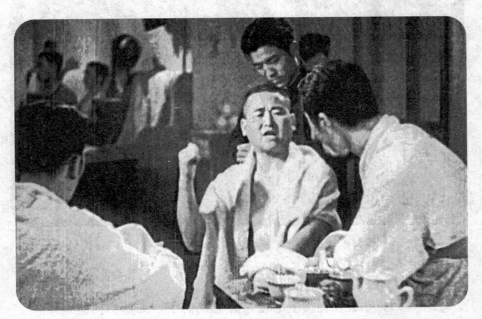

☆琴师找到古成龙，说："那个吹喇叭的住的地方，我已经找到了。"还说："我早就看见那个小鬼和小红有点鬼头鬼脑的样子。"古成龙说："好！明天我们去看看。"

琴师又说。老陈转身对躺在睡椅上的古成龙说："老古，你看怎么办呐？"古成龙没有说话，只打了个喷嚏。"你摆一句话出来，由我们去办啊！"老陈着急地说。"好！明天我们去看看。"古成龙说。

第二天，琴师领着古成龙和"寄生虫"老陈来到小陈他们住的这条弄堂。古成龙、"寄生虫"老陈和琴师三人东瞧瞧，西望望，在弄堂里匆匆走着。

☆第二天，琴师领着古成龙和"寄生虫"老陈来到小陈他们住的这条弄堂，东瞧瞧，西望望。

小云在阁楼上的窗口瞧见他们了，见他们向这边走来，就赶紧下来悄悄告诉小红，小红急得要命，说道："啊！那怎么办啊？他们两人又不回来！"

小云不由分说，将小红推上扶梯，做手势叫她赶紧

☆小云在阁楼上的窗口看见他们向这边走来，赶紧下来悄悄告诉小红。小红着急地说："啊！那怎么办呢？他们俩人又不在家！"

上去。等小红上去了，小云马上把扶梯送上阁楼，小红接着扶梯，忙把阁楼上的门关好。

琴师领着古成龙和"寄生虫"老陈摸进来了，他发现小云也在这里，圆睁着两眼，说道："哈哈！你今天给我找到了！"

琴师上去一把抓住小云的头发，大声地喊道："我问你，小红在哪儿？你说出来！"小云一语不发，只是仇恨地看着他。琴师发疯地摇着她："你，说出来，你，快点儿，说出来，你呀，哼，贱东西！"琴师狠狠将她一推，小云一个跟跄，跌倒在墙角里。

☆小云不由分说，将小红推上梯子，做手势叫小红从阁楼上赶快逃走，然后把梯子送上阁楼，又把阁楼门关好。

☆琴师领着古成龙和"寄生虫"老陈摸进来了，发现小云也在这里，就圆睁两眼，说道："哈哈！你今天给我找到了！"

☆琴师上去一把抓住小云的头发:"我问你,小红在哪儿?快说出来!"小云一言不发,用力反抗着。

　　小云心里升起万丈仇恨的火焰,一眼瞥见桌上有把明晃晃的尖刀,猛扑过去,紧抓在手里,两眼盯住琴师。琴师不禁打了个寒战,身子忙向后缩,同时央求道:"慢!慢!放下!"只听见"嗖"的一声,那把锋利的刀扎过来了。

　　琴师被吓得灵魂都出了窍,等他神志清醒过来,一看,刀却扎在他脑后的板壁上。他拔下刀,咬牙切齿地说:"好,你要我的命啊,哼,我要你的命!"

　　说时,他将刀对着小云狠狠扎去,正扎中小云的心窝,鲜血立时涌出来。小云拔出刀,双手抱住伤口,

☆琴师狠狠地把小云推倒在墙角，小云心里陡然升起仇恨的火焰，
　抓起桌上的尖刀，向琴师扑了过去。

☆尖刀扎在琴师后面的板壁上，琴师拔下尖刀，咬牙切齿地说：
　"好，你要我的命啊，哼，我就要了你的命！"说着，就将尖刀对
　着小云狠狠地扎去。

身子一斜，倒了下去。琴师还在威胁小云："哼！你说出来，小红在哪儿？"小云死死地瞪了琴师一眼，然后眼帘无力地了垂下去，什么也没说。"寄生虫"老陈一看阁楼上的门虚掩着，便冲着琴师向阁楼努努嘴，琴师忙对他们两人说："对呀，我们上去找找看。老古，你看着她。"琴师和寄生虫老陈爬上阁楼，走到窗口，向外搜索，只见窗外有一架扶梯，小红早已逃得无影无踪了。

☆尖刀正扎在小云的心窝，鲜血立时涌了出来。小云拔出刀，双手捂着伤口，身子一斜，倒了下去。

古成龙瞧见小云倒在血泊里，知道事情不妙，趁这会儿他们还在阁楼上，就独自抽身溜走了。琴师和"寄生虫"老陈空手下了阁楼，却不见了古成龙的影子，忙叫道："老古！老古！"琴师叫了两声，没人回应，自己也有些心虚，自言自语道："咦，老古呢？啊！老古推在我们身上了！"他们瞥了下倒在角落里的小云，见她毫不动弹，知道闯了祸，趁着屋里没有旁人，便也一溜烟走了。

☆古成龙见小云倒在血泊中，知道事情不妙，独自抽身溜走了。琴师和"寄生虫"上阁楼找小红，不见人影，也不管倒在墙角的小云，一溜烟走掉了。

在理发师、失业者和小贩的地下居室里，小陈、小红、老王、理发师、失业者和小贩围坐着在议论着什么，屋子里气氛很沉重。忽然，老王站起身来，要冲出门去，小陈忙上去一把拦住他，劝道："你想一想，我说的话对不对？""不要挡着我！"老王气忿地推开小陈。

"不行！"小陈又拦住他。"为什么？"老王问。"你干什么去？"小陈反问。老王激动地说道："我去跟他……"小陈仍然劝着老王说道："你犯得着吗？"老王看着小陈不解地问道："什么犯得着犯不着？"小陈看着一根筋的老王，苦口婆心地劝道："你犯得着为那样一个女人去拼了吗？"老王一听小陈这么说自己喜欢的小云，非常气愤，他瞪大双眼看着小陈，厉声地喝道："你说什么？"老王想不到小陈还会那样贱视小云。"你犯得着为那样一个女人去拼了吗？"小陈重复地说。老王忍不住心头火，他不容许小陈这样侮辱小云，"啪"的一下，打了小陈一个响响的耳光。

☆在理发师等人的地下居室里，小陈不让老王去救小云，还说："你犯得着为那样一个女人去拼了吗？"老王不容许小陈这样侮辱小云，"啪"的一声，打了小陈一记耳光。

　　大家都惊呆了。看到把兄弟合照上的题字"有福共享，有难同当"，小陈的头垂了下来。老王的头也垂了下来。"小陈猛一把抱住老王，痛哭道："老王，对不起……"小陈将老王推开，夺门而出。老王奔到窗口，将小陈一把从窗外拖了进来，窗门都被挤破了。老王对着小陈喊道："小陈，小陈，你到哪里去？"小陈对老王说道："我，我替你找她去，我……"说着就要夺门而出，要替老王去找小云。"你发昏了，你，这不是闹着玩的事！"老王拦住他，然后顺手将破了的窗门扔过一边，自己从窗户跳了出去。这时天色已近黄昏。

☆大家都惊呆了。人们眼前又浮现出"有福共享，有难同当"的五人结拜把兄弟时的照片……沉默片刻，小陈猛地抱住老王，眼泪止不住流下来："老王，对不起……"说着就夺门而出，要替老王去找小云。

老王把小陈拉了回来，自己一个人赶到阁楼下，屋里漆黑一团，他划燃一根火柴，才发现小云躺在角落里，忙过去抱起小云，焦急地说："小云！小云！哎呀！伤了吗，小云？"老王抱着小云，站起身来。

☆老王把小陈拉了回来，自己一个人赶到阁楼下，屋里漆黑一团，他划燃一根火柴，发现小云躺在墙角，急忙将她抱起来，焦急地说："小云！小云！伤了吗？小云！"

小陈等人在家里焦急地等待着。一会儿，老王抱着小云路过窗口进来。小陈说："老王回来了！"老王将小云抱进屋来，众人都围上去。老王焦急地说："快！你们先看着她，我去找医生去！"他把小云交给小陈，扭身就向外面奔去。小陈把小云安放在床上。

小红倒了一杯水端过来，小陈扶起小云，接过水来

☆老王抱着小云回到地下居室，几个人都围了上去。老王焦急地说：快！
你们先看着她，我去找医生！"小陈接过小云，将她轻轻地放在床上。

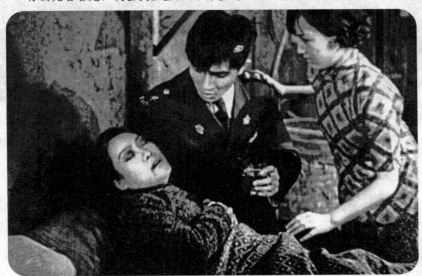

☆小红倒了一杯水端过来，小陈接过水来给小云喝。小红轻声叫着：
"姐姐！姐姐！"小陈也心情沉重地连声叫着："小云，小云，小
云，小云……"

给她喝，小红轻声叫着："啊！姐姐！""小云，小云，小云，小云……"小陈也沉重地连声叫着。

　　小云喝了几口水，神志稍微清醒了一些。她望着小陈手里拿了杯水在喂她，不由得回想起那晚他抢过小红递给她的一杯开水砸在地上的情景。小陈轻轻地扶着小云躺下。

☆小云喝了几口水，神志稍微清醒一些。她看见小陈手里拿杯水在喂她，心里很是感动。

　　过了一会儿，小云睁开眼睛，看着小陈的衣扣，又不由得想起在小巷口小陈瞧不起她的情景，想着想着，她不禁抚摸着小陈的口袋和纽扣。这时，小陈也不禁回忆起那晚在小巷口瞧不起小云的情景，心里又是后悔，又是负疚，对小云说："小云，我对不起你，你要原谅我！""大家都是一样的苦命，谁也说不上原谅谁！"小云无力地、断断续续地说着。小红哭起来，叫道："姐姐！"

☆小陈抓住小云的手，又是后悔，又是负疚："小云，我对不起你，你要原谅我！"小云断断续续地说："大家都是一样的命苦，谁也说不上原谅谁！"

"不要伤心，小云，安静一点吧，老王已经出去替你找医生去了。"小陈安慰着小云。"医——生？老——王，老王够朋友。"小云声音微弱地说着。她慢慢抬起头来，瞧见一个人影在窗外一晃，忙说："老王……是好人……是不是他回来了？"小陈向窗外一望，也瞧见那个人的下肢在移动着，他告诉小云道："不是，那是巡夜的警察。老王马上就会回来的。"一提到警察，小云顿时心惊肉跳起来，惊惶地说："警察？警察来干什么？他抓人？他抓我？他抓他？抓他？""小云！"小陈痛切地呼唤着。"抓他！"小云仿佛看到了什么可怕的情景，昏乱地、恐怖地叫着。"小云！"小陈痛切地呼唤着。"放了他！"小云嘶声地喊。"小云！""哎哟！"小云大叫一声，双手抱住伤口，昏迷了过去。"小云！"小陈急促而焦急地叫唤着。"啊！"小云无力地呻吟着。"一点没有什么，小云，你眼花了，小云，小云……"小陈亲切而悲痛地劝说着。突然，小云坐起身来，浑身颤抖，恐怖地睁大着眼睛，手向空中抓着，嘶哑地叫着：

☆小陈告诉小云，老王已经去找医生了。小云抬起头来，望着窗外，断断续续地说："老王……是好人……是不是他回来了……"说完，抽搐了一下，心脏停止了跳动，盯着窗外的眼睛慢慢地闭上了。

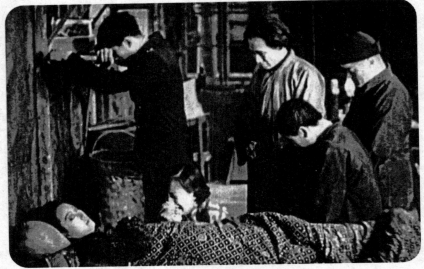

☆小红伏在小云身上嚎啕大哭，小陈也靠在墙上悲声痛哭，理发师、
失业者和小贩也都默默地流着泪。

☆老王终于回来了，小陈急忙迎上去，轻声说："她睡着了！你累了
吧？"老王绝望地说："钱不够，医生不肯来！"说着，无力地坐在桌
子旁边，他希望能挽救小云生命的想法被残酷的现实彻底摧毁了。

"放开！放开！他是好人，他替穷人……蚂蚁一样，蚂蚁……"小陈忙扶住她，她喘着，咳着，抽搐着倒了下去，这个可怜的女人就这样呼吸了最后一口气，结束了她短促的、悲惨的一生，与世长辞了！

伤心欲绝的小红不由得伏倒在姐姐的身上号啕大哭。小陈也伏在床沿上悲声痛哭，理发师、失业者和小贩都默默地流着泪。

老王无言地走进屋来，小陈示意叫小红别哭，他们都默默地望着他。老王走到桌旁，无力地坐下了，两眼发直，一语不发。小陈走过去，轻声地对他说："她睡

☆在一片沉寂中，又响起小红悲痛的哭声。老王抬起头，心里明白小云已经长睡了。他们一个个心情悲痛万分，默默地望着窗外黑洞洞的夜色。这些难兄难弟们没有能力拯救自己的姐妹，他们盼望着有一天这黑暗的社会来它个翻天覆地的变化。

着了！你累了吗？你……"老王绝望地说："钱不够，医生不肯来！"

静默中又响起小红悲痛的哭声。老王闻声，已经明白小陈说小云睡着了，是指她长睡了。他们一个个心情悲痛万分，默默地望着窗外……这就是我们所看到的底层贫苦人们的生活遭遇！接着，我们又看见压在他们头上的那座高楼大厦，它的表面还是那样富丽堂皇。天空里依然满布云层，天色阴郁、沉闷，给人一种窒息的感觉。

电影传奇

编剧及导演袁牧之小传

袁牧之（1909～1978）原名袁家莱，浙江宁波人。中国现代戏剧、电影演员。

1909 年，袁牧之出生于浙江宁波。13 岁的时候，他就读上海澄衷中学。14 岁时，袁牧之就参加了洪深组织的戏剧协社，为唯一的小演员。从 18 岁开始，他因在一些话剧中的出色表演而受到戏剧界的重视。后来，他进入东吴大学学习，演出了《万尼亚舅舅》等剧。1935年，继《桃李劫》之后，袁牧之在影片《风云儿女》中扮演了主人公辛白华——一个由沉沦到觉醒，最后走上抗战前线的青年。同年 10 月，他又成功地编导了音乐喜剧片《都市风光》。这部影片是中国第一部音乐喜剧故事片，也是袁牧之电影执导的处女作。他在片中扮演拉洋片老头。1936 年，袁牧之转入明星影片公司，主演了影片《生死同心》。1937 年，袁牧之编导的《马路天

使》，更是脍炙人口。

抗日战争爆发后，**袁牧之**积极从事抗日宣传活动，并与宋之的、陈波儿、崔嵬等组织"上海救亡演剧队"第一队，离开上海开赴抗日前线。他还参加著名抗战话剧《保卫卢沟桥》的演出工作。1938 年，该队来到武汉后，袁牧之主演了影片《八百壮士》中的团长谢晋元。不久，他受周恩来同志委派，参加根据地的电影筹建工作。同年秋，他前往延安，组建了"延安电影团"。在此后的大部分时间里，他曾深入陕甘宁边区和华北抗日根据地拍摄纪录片，并编导了解放区第一部大型历史纪录片《延安与八路军》，编写了反映革命根据地新生活的舞台剧《延安三部曲》。

1940 年，袁牧之加入中国共产党。同年夏，他受党的委派，赴苏联学习、考察。在此期间，他曾与苏联著名电影大师爱森斯坦共同拍摄过影片，同时他也曾独立导演过纪录影片。

1946 年，袁牧之回国后，同夫人陈波儿一起赴东北组建东北电影制片厂，任厂长。生产了新中国第一部故事片《桥》等。

1949 年 4 月北平解放后，他奉命回京，组建全国电影领导机构——中央电影事业管理局，并被任命为局长。第一次全国文代会之后，又被选为中华全国电影艺术工作者协会副主席。

1954 年以后，他因病长期离职修养。在病中，他仍坚持创作活动。

袁牧之曾任东北电影制片厂第一任厂长，文化部电影局第一任局长，并当选为第一届全国人民代表大会代表，第一、第二届中国文联委员，第一届中国电影工作者协会副主席等。他的著作有《戏剧化装术》《演剧漫谈》等书籍。

主演周璇小传

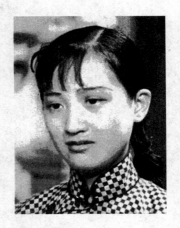

周璇（1920～1957），中国最早的两栖明星。周旋原名苏璞，1920年出生于常州一户苏姓书香门第家中。幼年时苏璞被抽大烟的舅舅顾仕佳偷偷拐骗到了金坛县的王家，由此改名王小红。王家夫妇离异后，小红又被送给了上海的一家周姓人家，更名周小红。

1931年周小红入黎锦晖创办的明月歌舞团。一次，小红参演救国进步歌剧《野玫瑰》，终场时高唱主题曲《民族之光》，其中一句歌词"与敌人周旋于沙场之上"深得赞赏，遂黎锦晖提议把周小红改名为周璇，此后，演艺圈里人们常常喊她"璇子"。其间因主演歌舞《特别快车》而崭露头角。后入新华歌舞社。

1934年周璇在上海各电台联合举办的歌星比赛中名列第二，此后成为十大歌星之首，被誉为"金嗓子"。1935年周璇从影，在天一影片公司拍摄的影片《美人

恩》中扮演角色。1936 年周璇人艺华影业公司，主演
《喜临门》《满园春色》等影片，新华影业公司拍摄的影
片《狂欢之夜》中扮演角色。1937 年 在明星影片公司
拍摄的影片《马路天使》中扮演女主角小红，为其表演
艺术的代表作。"八一三"事变后，周璇参加大型话剧
《保卫卢沟桥》的演出。后随上海剧艺社赴菲律宾宣传
抗日救亡。

1938 年 任上海国华影业公司演员，主演《孟姜女》
《李三娘》《董小宛》《西厢记》等近二十部影片。

1943 年 在中华电影联合股份有限公司，主演《渔
家女》《红楼梦》等影片。抗战胜利后赴香港，相继主
演《长相思》《各有千秋》《忆江南》《清宫秘史》等影
片，并在文华影业公司摄制的影片《夜店》中扮演
角色。

1950 年周璇回上海，参加影片《和平鸽》的拍摄，
因患病而未竟。

1957 年周璇在拍戏时旧病复发，因脑炎离开了人
世，时年 37 岁。

周璇一生共出演了 43 部影片，演唱了 200 多首歌
曲，成为早期娱乐界的一颗耀眼之星。因其在电影《马
路天使》中饰演女主角小红，并在影片中主唱的两首插
曲《四季歌》和《天涯歌女》，而成为人们心中永远的
银幕偶像。《马路天使》在 20 世纪曾被评为"中国电影
90 年优秀影片"之一，周璇本人则荣获"中国电影世纪
奖"。

周璇参与的电影

《风云儿女》《美人恩》······· 1935 年

《花烛之夜》《化身姑娘》《喜临门》《百宝图》《狂
欢之夜》······· 1936 年

《满园春色》《女财神》《三星伴月》《马路天使》
······· 1937 年

《影城记》《孟姜女》《李三娘》《新地狱》《七重天》
《董小宛》······· 1939 年

《三笑》《孟丽君》《苏三艳史》《西厢记》《黑天堂》
《天涯歌女》······· 1940 年

《梦断关山》《梅妃》《夜深沉》《解语花》《恼人春
色》······· 1941 年

《渔家女》······· 1943 年

《鸾凤和鸣》《红楼梦》《凤凰于飞》······· 1944 年

《长相思》《各有千秋》······· 1946 年

《忆江南》《夜店》《莫负青春》《歌女之歌》《花外
流莺》······· 1947 年

《清宫秘史》······· 1948 年

《彩虹曲》《花街》······· 1949 年

《和平鸽》······· 1951 年

主演赵丹小传

　　赵丹（1915 年～1980 年），原名赵凤翱，祖籍山东肥城，出生于江苏扬州，居江苏南通。1916 年赵丹两岁时随父母迁居于南通。赵丹的父亲在南通开设影戏院，少时受家庭熏陶，酷爱艺术。中学时代，曾与好友顾而已、钱千里、朱今明等组织"小小剧社"，演出过一些进步话剧；毕业后考入上海美术专科学校，学习国画，专攻山水。其间参加了美专剧团、新地剧社和拓声剧社，并积极参与"左翼剧联"的活动，改名"赵丹"，深入工厂、市井、学校，演出抗日救亡剧目；1933 年，加入中国左翼戏剧家联盟。

　　1932 年被明星影片公司著名导演李萍倩看中，在无声片《琵琶春怨》中扮演一纨绔子弟，从此成为明星影片公司的基本演员。先后参加拍摄了《上海二十四小时》、《时代的女儿》、《三姐妹》等多部影片。1936 年～1937 年，主演了中国电影史上经典影片《十字街头》和

《马路天使》。

抗日战争爆发后，赵丹加入抗日救亡演剧三队，辗转各地，宣传抗日，并于 1939 年参加影片《中华儿女》的拍摄。1939 年 6 月，他与徐韬、王为一等前往新疆开拓进步戏剧院工作，后被反动军阀盛世才监禁 5 年。抗日战争胜利后回到上海，主演了影片《遥远的爱》和《幸福狂想曲》，并导演了一部讽刺和揭露国民党反动派"下山摘桃"，进行掠夺，标榜接收，实为"劫收"的影片《衣锦荣归》。1948 年，在昆仑影业公司拍摄了《关不住的春光》、《丽人行》、《乌鸦与麻雀》等影片。

新中国成立后，他先后主演了《为了和平》、《李时珍》、《海魂》、《林则徐》、《聂耳》、《烈火中永生》等影片，创造了李时珍、聂耳、林则徐、许云峰等熠熠生辉的银幕形象。

赵丹历任全国人大第一、第二、第三届代表，第五届全国政协委员，中国影协和中国剧协常务理事、中国影协上海分会副主席等，并于 1957 年加入中国共产党，同年获文化部 1949—1955 年优秀影片个人一等奖。

党的十一届三中全会以后，他热情地为高等学府讲授表演艺术，并不顾重病缠身，于 1979 年完成了《银幕形象创造》和《地狱之门》等著作。1980 年 10 月 10日，赵丹因患癌症在北京病逝，终年 65 岁。

赵丹参与的电影

《琵琶春怨》 …………………………… 1932 年

《上海二十四小时》《时代的儿女》 ……… 1933 年

《三姐妹》《到西北去》《女儿经》《空谷兰》《乡愁》
《青春线》《女性的仇敌》 ………………… 1934 年

《落花时节》《热血忠魂》《民族魂》《夜来香》 …
…………………………………………… 1935 年

《小玲子》《清明时节》 …………………… 1936 年

《十字街头》《马路天使》 ………………… 1937 年

《中华儿女》 ……………………………… 1939 年

《衣锦荣归》《幸福狂想曲》 ……………… 1947 年

《遥远的爱》《关不住的春光》 …………… 1948 年

《乌鸦与麻雀》《丽人行》 ………………… 1949 年

《武训传》 ………………………………… 1950 年

《我们夫妻之间》 ………………………… 1951 年

《为孩子们祝福》 ………………………… 1953 年

《为了和平》《李时珍》 …………………… 1956 年

《海魂》 …………………………………… 1957 年

《林则徐》《常青树》 ……………………… 1958 年

《聂耳》 …………………………………… 1959 年

《风流人物看今朝》 ……………………… 1960 年

《烈火中永生》 …………………………… 1965 年

主演魏鹤龄小传

　　魏鹤龄（1907～1979），著名演员，天津市东丽区赤土村人。曾任上海市人大代表、中国电影协会上海分会理事、上海市政协委员、上海海燕电影制片演员剧团副团长。

　　1907年1月14日出生于一个贫苦农民家庭。1928年6月，魏鹤龄考入山东省立实验剧院，学习表演艺术。在田汉名作话剧《名优之死》中所扮演的名伶刘振声这一角色，使他初露头角而一鸣惊人。由于魏鹤龄在话剧上的出色表演，引起了当时电影界的广泛重视。1935年魏鹤龄应著名电影导演史东山邀请到上海艺华影片公司拍摄电影《人之初》。这也是他从事电影艺术的人之初，一个电影表演艺术家的新开端。1932年他参加上海左翼戏剧家联盟。在他早期参加演出的影片中，以1937年在明星影业公司拍摄的《马路天使》最负盛名。为了宣传抗日救

国，魏鹤龄不仅参加《中华儿女》《长空万里》《青年人》《火的洗礼》等以抗日为题材的电影的拍摄，而且积极参加左翼剧联组织的上海剧人协会的演出活动，先后参演了宣传抗日的《乱钟》《SOS》《月亮上升》等剧目。抗日战争胜利后，他由重庆到北平，进入中央电影企业股份有限公司第三厂和清华影片公司，拍摄了《追》《粉墨筝琶》等六部影片。1949年后，他在上海昆仑、国泰等影片公司先后参加拍摄了《乌鸦与麻雀》《人民的巨掌》和《彩凤双飞》等影片。因电影《乌鸦与麻雀》，1957年于文化部1949～1955年优秀影片评奖中获个人一等奖。

新中国成立后，魏鹤龄进入上海电影制片厂担任演员。他参加拍摄了《祝福》《家》《鲁班的传说》等影片。其中，电影《祝福》荣获第十届卡罗维·发利国际电影节特别奖，同时荣获1958年墨西哥国际电影节银狮奖。1979年，魏鹤龄逝世。

魏鹤龄参与的电影

《人之初》《暴风雨》《泪痕》《方芸英》《凯歌》 …

……………………………………………… 1935 年

《新婚大血案》 …………………………… 1936 年

《马路天使》 ……………………………… 1937 年

《貂蝉》《保卫我们的土地》 …………… 1938 年

《中华儿女》 ……………………………… 1939 年

《长空万里》《青年中国》 ……………… 1940 年

《火的洗礼》 ……………………………… 1941 年

《圣城记》 ………………………………… 1946 年

《白山黑水血溅红》《追》《郎才女貌》 … 1947 年

《粉墨筝琶》《青梅竹马》《哈尔滨之夜》 …………

……………………………………………… 1948 年

《喜迎春》《乌鸦与麻雀》《人民的巨掌》《彩车曲》

……………………………………………… 1949 年

《彩凤双飞》 ……………………………… 1951 年

《淮上人家》 ……………………………… 1952 年

《不能走那条路》 ………………………… 1953 年

《祝福》《家》 …………………………… 1956 年

《探亲记》《生活的浪花》《鲁班的传说》《常青树》

……………………………………………… 1958 年

《黄浦江的故事》 ………………………… 1959 年

《枯木逢春》 ……………………………… 1961 年

主演赵慧深小传

赵慧深（1914～1967），话剧演员、影视演员，四川宜宾人。1932年，曾任山东省立实验剧院戏剧干事，组织演出了《父归》《湖上的悲剧》等进步话剧。

1934年夏，赵慧深在北平参加中国旅行剧团，不久随团南下，首次在天津新新剧院演出了曹禺刚刚写成的话剧《雷雨》。她在其中饰演繁漪，以深沉含蓄，充满内心激情的表演，淋漓尽致地揭示了繁漪的复杂心理活动。这次演出，轰动了剧坛。1937年，她又在袁牧之编导的影片《马路天使》中扮演妓女小云，获得肯定。这是她唯一的一部电影作品。

"八一三"事变后，赵慧深加入了陈鲤庭领导的上海救亡演剧四队赴沪、杭演出。转汉口后，她与赵丹、陶金、魏鹤龄等成立职业剧团。1938年，赵慧深抵达重庆、成都，参与多场演出，轰动远近。剧团改组后，赵

慧深又到中央青年剧社陪都实验团从事戏曲工作。1941年，赵参加了中国共产党领导的中华剧艺社任干事，共参加了《屈原》《天国春秋》等 40 多台话剧的演出。1942 年上演话剧《面子问题》等，赵慧深均任主角。1945 年首演的《清明前后》，赵丹任导演，赵慧深任副导演。

　　1946 年，赵慧深到苏北解放区，从事新文艺工作。新中国成立后，赵慧深任旅大市文协艺委会副主任，东北戏曲学校校长，后任北京电影制片厂编辑部副主任等职。她的作品有京剧《三不愿意》，电影剧本《不怕鬼的故事》《蜘蛛与麻雀》《如此北平》等。"文化大革命"期间，赵慧深受迫害，于 1967 年年底去世，终年 53 岁。

电影背后的故事

1. 慧眼独具的编导

袁牧之在选择演员上可谓慧眼独具，颇有胆识。他坚持启用在艺华影片公司一直扮演丫环角色的周璇和从未上过银幕的舞台演员赵慧深来扮演影片的主要角色小红和小云。由于这两位初出茅庐的新秀和早已在影坛上享有盛誉的明星赵丹、魏鹤龄搭配得当，合作默契，影片公映后获得极大的成功，被认为是中国影坛上的成功之作。

周璇的经历跟"小红"很相似。就在这一年，她从一个默默无闻的小演员一跃成为红透半边天的"金嗓子"。此后，她也一直在事业和情感的漩涡中浮浮沉沉。赵慧深在此之前已经在话剧《雷雨》中成功扮演了繁漪这个角色。让这个大家闺秀来演一个沦落风尘的妓女，我们不能不佩服袁牧之的胆识。

2. 经典的插曲

影片的歌曲《四季歌》和《天涯歌女》都是久唱不衰的经典歌曲。这两首歌取材于苏州小调《哭七七》和《知心客》，经贺绿汀和田汉两位大师的妙手变成格调清

新的歌曲。如《四季歌》，在周璇之后，邓丽君、宋祖
英等也都翻唱过。后来，在香港还有了粤语版，是由杨
绍鸿依照原曲填词，陈松伶演唱。

3. 经典的影片

影片原本有十三本，在沈西苓的帮助下，精剪成了
九本。剪掉的部分包括谢添出演的"落难公子"的一段
戏。当时，谢添的艺名是"谢俊"。

这部影片虽然迫于国民党方面的压力剪掉了一些镜
头，可是影片一上映，还是在国内引起了巨大轰动。
《马路天使》可以说是 20 世纪 30 年代中国最有影响的电
影之一。1963 年该片在香港公映，盛况依然不减当年。

这部影片不仅受到了广大观众的喜爱，也受到了国
外朋友的赞誉。1982 年意大利举办的中国电影回顾展放
映了《马路天使》影片，参加回顾展的欧、美、亚各国
电影同行看完后公认这部影片是中国三十年代现实主义
影片的优秀作品，至今仍有它的价值。这部影片在中国
电影史上留下了光辉的一页。